講談社文庫

つぶさにミルフィーユ

The cream of the notes 6

森 博嗣
MORI Hiroshi

講談社

まえがき

本書は、クリームシリーズと呼んでいるエッセィ連作の六冊めだ。毎年一冊、年末に発行している。文庫書下ろしだが、例年六月頃に書いているので、書いてすぐに本になっているという感覚はない。もっとも、僕は普通、小説なら一年まえには脱稿する習慣なので、それに比べればやや新鮮だ。六冊めだから、特に目新しいことはない。

読者からいただく感想によれば、「目から鱗《うろこ》が落ちた」と毎回驚いている人もいて、よほど鱗の多い目なのだな、と感慨深い一方、「いいかげんにマンネリだ」という至極《しごく》まっとうなご指摘もある。この指摘は、実は一作めからあったし、デビューした当時からあったので、マンネリの意味が人によって違うのかもしれない。

だいたい、書いているのは一人なのだから、同一の頭脳より発するものである。どうしたって一辺倒になりやすいだろう。特に、これは何度も書いておきたい、というものはとても多い。それくらい、書いてもわかってもらえない、というのがだいたいの作家に共通する心理なのではないか。被害妄想かもしれないけれど。

否、そもそも、わかってもらいたいと思っているのではない。つい、書いてしまったが、正直に我が身を振り返れば、わかってもらえたことなんて人生で何度あっただろうか、というくらいの大奇跡なのだ。軽々と期待する方が間違いである。

　多くの方は、本を読むことで、なんらかの気づきが得られたと喜ぶ。しかし、この場合、「気づいたこと」つまり知識に価値があるのではない。「気づいた」というその体感だけが、各自の身につく。それが蓄積されたものが教養だろう。同じく、「知ること」でも、「こと」に意味があるのではなく、「知る」行為が重要なのだ、と思う。

　本を読む価値というのは、つまり、本を読んでいるその経験、その時間にある。その本に書かれている情報なのではない。だから、読んで忘れてしまっても良い。忘れるには、一度覚えなければならない。覚えて忘れることは、なにも覚えないことよりもずっと価値がある。それは、生まれて死ぬという生命の価値と等価だろう。

　最近、こういったことを書くと、「森節《ぶし》」だと言われたりする。揶揄《やゆ》されているのか賞賛されているのかはわからない（どちらでも同じだ）。こういったレッテルを人々は大好きで、そうしないと他者と気持ちの共有ができない、と思い込んでいる節がある。

　もちろん、森博嗣が書いているのだから、どうしたって森節になる。思い切って、目新しくしてみよう。さあ、お前たち、これを読んで、幸せになっておしまい！

二〇一七年六月

contents

つぶさにミルフィーユ
The cream of the notes 6

1 同じ本を読んでも、同じものを食べても、同じ人間にはならない。

当たり前の話から始めよう。よく、「面白い本を読んだ」とブログで書くと、読者から「何を読まれたのですか？」というメールが殺到する。これに対する僕の返答は、「だから、書いたとおり、面白い本を読みました」である。

僕にしてみれば、その本が面白かったということがすべてなのだ。面白いことが、最も重要な点だ。ところが、普通の人は、データを欲しがる。データを知りたがる。それを知らないと、なにもわからない、と感じる。ようするに、センタ試験後遺症のようなもので、本のタイトルがわからなければ、答が書けない。それは零点であり、無である、と感じるようだ。自分がそれを知らないことに不安さえ抱くのである。

しかし、僕はその本の内容を抽出し、「面白い」と伝えているのであるから、自分も同じことがしたかったら、面白い本を探して読めば良いだろう、と僕は考える。この点が、多くの方と僕の違いであって、なかなかわかってもらえない。ようするに、これがまえがきでも書いたことである。

本を読んで得られる最も重要なことは、「本が面白い」ということ、「読むことが楽しい」ということであって、本の内容などは二の次だし、それは個々に違い、個人によってさまざまなのだ。極言すれば、面白さを知ること以外はどうだって良い。

食べものでも同じである。食べて美味《おい》しければ、それで良い。何を食べたか、何をどんなふうに調理したものか、はどうだって良い。それなのに、データに拘《こだわ》って、その情報を知ることで美味しさを味わえる、と勘違いする。だが、まったく同じものを食べても、同じように感じるなんて保証はまったくない。現に、同じものを食べても、消化や吸収のし方は違うのだから、躰《からだ》に取り込まれるものだって違っているはずだ。

情報は、人間の中に取り込まれて知識となる。この知識を「素のまま」で確認するのが試験というものだが、それは単なる言葉の出し入れを頭でしているだけだ。あえて人間がしなくても良い行為である。そうではなく、その情報を頭の中でどのようにリンクし、どう発展させて考えるのか、という点に「教養」というものがある。そのシステムが本来の「知識」なのだ。データの有無だけを問題にするのは馬鹿げている。

人は、ついデータを忘れることがあるけれど、歩くことも、美味しい味も、楽しくて笑うことも、うっかり忘れることはない。それらはデータではないから失われない。それが、味を知っていること、楽しさを知っていること、つまり教養なのである。

2 「できない」と「やりたくない」はほぼ同じ。

たとえば、飲み会に誘われたときには、「行けません」と断る。これを、「行きたくありません」と断ったら角《かど》が立つ。気持ちが入った言葉になるからだ。逆に、上司から依頼された仕事を引き受けるとき、「できる」と答えるよりは、「やりたい」という意味を言葉にした方が受けが良いだろう。賢い人は既《すで》にそういう言葉を使っている。

しかし、実際は同じことなのである。言葉に込められた「気持ちみたいなもの」を日本人はとても大事にしていて、まるで、言葉よりも気持ちの方が重要とまで考えている。「気持ち」なんてものが、実際にあるなんて保証もないし、そもそも確かめられないものなのに、である。確かめられないならば、つまり存在しないのに等しい。唯一確かめられる方法とは、結局は「言葉」だ。それに、ほんの少しの表情や行動が加わるだけ。

しかし、言葉も表情も行動も、そう見せかけることは容易だ。たとえば、役者だったら、どんな人格でも演じることができる、というのがその証明といえるだろう。

気持ちというものが存在しない、と言っているのではない。自分の気持ちみたいなものが観察できるから、「そんなものないよ」と言いきれる人は少ないだろう。だから、自分に対しては、気持ちが込められた言葉かどうかは判別できるはずだ。であれば、「できない」ことなのか、「やりたくない」ことなのかは、自分の気持ちをよくよく考えてみればわかりそうなものだ。

だが、それも僕は怪しいと考えている。何故なら、やりたくない状態というのは、ほとんどできない状態に等しいからである。やりたくない状態でも、できないことはない、という人もいる。そういう人は、社会ではわりと上手に生きていける。出世もするし、経済的にも恵まれるだろう。そういうのは嫌だ。自分には正直でありたい、と考えている人の場合の話、と限定されるかもしれない。

朝、目が覚めて、眠くて起きたくない。約束があるけれど、この気持ち良い布団《ふとん》の中で眠り続けることに比べれば、つまらない約束だ。そうなると、もう「起きられない」状態といえる。既に「起きたくない」との違いはまったくない。両者は同じ意味になる。あとになって、自分は気持ちが弱い、と感じるかもしれないが、そうではない。気持ちが強すぎるから、理性的なもの、理想的なものを排除してしまった結果である。

自分に正直で、自分の気持ちを大切にしているから、こうなってしまう。そこに気づいた方が良いだろう。え、気づきたくない？　気づくことができない？

3 最後に「今後も目が離せない」など、余計なことを書きたがる。

「報道」というものは、観察された事象を伝えることだ、と僕は思っている。もちろん、何に目をつけるのか、という点で、記者の個性なり、姿勢なりが出るとは思うけれど、基本的に、自身の主義主張を混ぜないように注意し、できるだけ客観的に「事実」を伝えることが本来の目的だろう。

ところが、多くの報道記事には、最後に一言、所見のようなものが書かれている。たとえば、「各方面で疑問の声が上がりそうだ」「今後の動静を見守っていく必要があるだろう」などである。また、疑問形の一文が添えられることも多い。「このままで良いのだろうか？」「真実が明るみに出るのはいつのことだろうか？」「はたして誰某の復権はあるのだろうか？」など、結びの言葉として多用されている。

こういったことは、日本の記事に異様に多いと思う。海外の記事では、ただ誰某がどこで何をした、と書かれているだけだし、誰某はこう述べた、一方、これに対して誰某がこう反論した、で文章が終わっている。日本人記者なら、「いずれが本当なのだろうか」と絶対に書くところだ。

つまり、読者が感じるだろう気持ちを文章にしているのだ。「ほら、こう思ったでしよう？」と。そのように締めくくられることに日本人は慣れ親しんでいるから、「そう、本当にそのとおりよね」と頷《うなず》く人がきっと大多数だろう。

日本人というのは、こういった気持ちの共有を重んじている。「いやあ、暑いですなあ」「本当に、連日ですものね」みたいに会話をすることで、気持ちが通じ合った、仲間だ、と感じるので、ニュースの締めの部分で頷けることで、それを書いた記者にも連帯感を抱くことができる、というメカニズムなのかもしれない。

僕自身は、そういう連帯感を重視していない。余計なことを書くな、と感じるだけだ。だいたい、この余計な一文が肥大化して、思想的なものを押しつけてくる記事も増えているように思う。鬱陶《うっとう》しいことである。

ＴＶのコメンテータが発する言葉にも、似たものがあるはず。視聴者を頷かせるような、平均的な意見で、当たり障《さわ》りがなく、どうでも良いような台詞《せりふ》を述べるために、スタジオに並んでいるのだ。時間も金ももったいないことだと僕は思う。逆に、「え？」と思わせるような奇抜な意見は、求められていない。僕はそういう意見が聞きたいのだが、それが言える人は、本を書いているだけで、ＴＶには出てこない。

4 満員電車というものが、そもそもどうかしている。

森博嗣は鉄道好きだと思われているが、実は電車に乗ることが滅多にない。新幹線の指定席のように、座って窓の外を眺めたり、雑誌を読みながら移動するのは嫌いではないが、乗り物に立ったままで乗るのは、はっきり言って嫌いである。だから、たいていの電車というものには、僕は乗りたくないし、また、あの長細い四角の乗り物にも、まったく興味がない。模型でも、その類《たぐい》のものを欲しいと思ったことがない。

それでも、中学と高校は、バスと電車で通学していた。大学も一年生のときは地下鉄で通った（二年生からは車を運転して通学した）。電車と同様、バスも嫌いだ。成人したあとは、ほとんどそれらに乗らない生活をしている。たとえば、勤務先が決まれば、徒歩か自転車か自動車で通える場所で住居を探すし、それらの移動手段が認められない仕事には就かない、という判断をしてきた。

インドやアフリカで列車の屋根の上にまで人が大勢乗っている映像を見たことがあるだろう。「あんな危険なこと」と眉を顰《ひそ》める方が多いのではないだろうか。それと同じ眉の顰め方を、僕は都会の通勤電車の映像を見てしている。「あれは、人間のすることではないな」とさえ感じるのである。貧しい社会であればしかたがない、とは思う。つまり豊かではないし、安全でも安心でもない。異常な光景だ。

ネットでニュースを見ていると、毎日のように、どこかの鉄道で人身事故があり、運転見合わせになっている。「どうしてくれんだ、電車止まってる！」と怒りのツイートで溢《あふ》れているから、日本の何線が止まったかすぐわかる。そこで自殺しようとする人も異常だが、自然災害のように処理する大衆も異常である。

また、最近では痴漢が話題に上ることが多い。冤罪《えんざい》をどうすれば防げるのか、と男性たちは心配している。痴漢で疑われた場合に弁護士を呼べるような保険まであるそうだ。そういう不自然な場所に身を置かねばならない理不尽さを、本当は第一に問題にすべきではないだろうか。

これだけＩＴが発展した社会で、みんなが遠方から長時間かけて同じ時間帯に集合しなければならない理由を、僕は見つけることができない。もしそれがあるとしたら、明らかに時代遅れのシステムだと断言できる。それから、そういったものに支えられている「都会」というものの危うさも、もっと問題視されるべきだろう。自然の中で暮らし、遠くから眺めてわかるのは、魅力があるように装飾された都会の虚構である。

5

「ぞっとしない」が通じないみたいで、ぞっとした。

「ぞっとしない」という表現は、慣用句として広辞苑に載っている。意味は、「それほど感心したり面白いと思ったりするほどでもない」とある。僕はこのとおりに認識しているから、このとおりの意味で小説にもエッセイにも使っている。

ところが、最近の読者には通じてない場合が多いことがツイッタなどで観察できる。つまり、「ぞっとする」が寒気や恐怖を感じる表現のため、そういった恐いことがない、という意味に取っていて、「恐怖を感じない、と言いたいようだけれど、理屈っぽくて回りくどい言い方をわざとしているみたい」などと言われたりするのである。

そもそも、「ぞっとしない」という慣用句では、「ぞっとする」が良い意味で使われている。感動してぞっとしているのだ。こういった経験はないだろうか？　僕はしょっちゅうこれがある。素晴らしいもの、今までになかったもの、優《すぐ》れた発想などに出会うと、寒気が走る。まさに、畏怖の念というのか、身が震えるような、否、実際に震える場合もあり、感覚的にも「ぞっとする」わけだ。したがって、そういった素晴らしい感動がない、という意味での「ぞっとしない」が使い勝手が良い、と思う。すなわち「平凡だ」ということを、それを感じる人間の体感として伝える言葉だからだ。

ぞっとするようになったのは、中学生か高校生くらいからだと思う。これは、子供のときにはなかったものかもしれない。子供は本当の「感動」というものをまだ知らない。きっと、「感激」「驚喜」などから分化されていない段階なのだろうと推察する。逆に言えば、ぞっとする感動というのは、ある程度の知性と、歴史や社会の現実的な認識を集積してこそ生じるもので、人間の複雑性を象徴しているともいえる。

僕の場合、実際に背中がぞっとする。理由というものはない。つまり、理屈ではない。良いもの、新しいもの、素晴らしいものに出会うと、寒気がする。だから、それ以後は、ぞっとするものに価値がある、という評価をするようになった。あらゆる芸術、あるいは学術において、それに接したときに背中に悪寒《おかん》が走るかどうかで、少なくとも、自分にとって価値があるものとそうでないものを明確に分けることができる。

ただ、そういった感動があるものに対して「ぞっとする」という表現は安易に使えない。この言葉の一般認識が、「恐怖」にほぼ限定されるからだ。ただ、否定形の「ぞっとしない」にしたときだけ、僕の傑作判別機能と一致する表現になる。

念のために書いておくと、読者がどんな誤解をしても、僕はぞっとしない。

6 「美味しい！」と言う人を見ないと、美味しく感じない人が増えた。

ＴＶの影響かと思われる。たとえば、美味しい料理を紹介する場合、その素材がどこで穫《と》れたかを示し、また料理する過程もつぶさにレポートする。そして、出来上がって湯気が出ている料理をカメラで捉える。ここまでで、その料理を紹介するのにデータとして充分である。それなのに、ＴＶでは、アナウンサとかレポータが、必ずそれを食べるシーンを用意する。これは極めて無駄な時間だ、と僕は感じている。

人が食べているのを見たところで、なにもわからない。味も歯ごたえも伝わってこない。まだ、温度計を差し入れたり、貫入試験をして硬さなどを数値化してもらった方が情報としてはレベルが高い。何故、あんな無駄なもので情報量が高まると感じるのだろうか。しかも、だいたいは好評なコメントしかしないときまりきっているのに。

レポータが自分の知合いで、信頼のおける評価者であるならば、話は別であるが、そういった人物に任せているわけではない。単なる通りすがりの人間が食べるシーンを見せられるだけなのだ。考えてみたら、もの凄《すご》く不思議ではないか。

TV局の演出を非難しているのではない。見ている大衆の感覚が問題である。現に、僕の奥様（あえて敬称、以下同）は、TVといえばドラマか料理番組ばかりである。食べるシーンがないと「わからない」とまでおっしゃっている。ということは、あれを見て彼女は「わかる」のだ。いったい何がわかるのか驚異だ。僕にはわからない。

ドラマでも小説でもそうだが、驚くべきシーンを見せても視聴者や読者は驚かない。その舞台に、驚いて腰を抜かすキャラクタを登場させて初めて驚くのだ。自分で驚く能力がないのではないか、と僕は常々疑っている。どうしてそれほどまで鈍感になってしまったのだろう、とさえ思うが、そもそも、そうやって太鼓持ちみたいに過剰に反応する第三者が演出で多用されるものが多すぎて、一種の洗脳を受け、本来の感覚を鈍らせているのではないか、くらいにしか想像できない。卵か鶏かの議論になってしまうが。

僕の場合、ミステリィを幾つか書いてきたのだが、初期の頃は、やはりそういった演出をしなければならないものと感じて、いわば常套手段的に採用していた。謎を不思議がる人物が登場し、また探偵の推理に感動する脇役もいたりする。しかし、ある時期から、そういった過剰サービスをやめて、読者に自分の感性で受け取ってもらえるようシンプルにした。そうすることで、自《おの》ずと物語はリアルになる。だが、やはり、「あっさりしている」と言われるようになった。それで良いと今は思っている。

7 山あり谷ありというが、山も谷も片方だけでは存在しない。

もし、この世に山だけがあったとしたら、すべての土地が標高三千メートルだったら、どうなるか。そこが平野というか台地というか、単なる平たい陸地になるだけで、「山」という概念がなくなる。高低さまざまな場所があるから、山があり、谷ができる。両者は、そのバラツキの両極のことであり、バラツキがなくなれば、いずれも存在できない。

どんな事象にも変化がある。一定で安定しているものは、この世にはない。となると、どんな事象も山あり谷ありとなる。ただ、たとえば「人生山あり谷あり」と言葉にする意味は、その山や谷が平均よりも高いあるいは低いということを意味している。たいていの場合、山が良い時間で、谷が悪い時間のようだ。どちらかというと、谷には水が流れていて、山の上よりは住みやすい。人間は、谷に集まり、そこに村や町ができた。その観点からすると、谷も捨てたものではない。

『孤独の価値』という本で、サインカーブを使って、楽しいことと辛いことが繰り返されるバイオリズムみたいな変化を書いた。幸せの絶頂と不幸のどん底は、変化するもののピーク点にすぎない。誰にも、そういった変化がある。幸せが永遠に続く人生がないのと同様に、どん底だけがずっと続く人生というものはない。もし、そういったものがあるとしたら、そこでは幸せも不幸もなくなっているはずだからである。

凸凹というのは、平坦なところにもある。また、平滑でつるつるの金属面も、顕微鏡で拡大して見れば、やはり凸凹だ。したがって、大きな山と谷の凸凹は、スケールをどんどん小さくしていっても観察することができる。サインカーブみたいに綺麗な曲線ではなく、その曲線自体が常に小刻みに振動している。

一年の波、一カ月の波、一日の波がそれぞれにある。毎日の中にも、愉快なときとつまらないときがある。ちょっとした成功と失敗が繰り返されている。それが、しばらくすると、滑《なめ》らかにつながって見えてくる。

突然訪れる不幸もあるし、予想外の幸せもある。準備をして手に入れる幸せもあれば、準備をして最小限に食い止められる不幸もある。しかし、いずれも、何重かのサインカーブを足し合わせた波形としてだいたい表現できる程度の複雑さでしかない。

そのうち、いつが幸せでいつが不幸だったか、なんてほとんどどうでも良い、と思えるようになる。そう思えた頃に人は死ぬのではないか。そう思って死ねれば幸せだ。

8 「誰某の○○論だよね」ですべてを否定する人がいるが。

これは、文系の評論などによく見られる物言いである。あの人の言っていることは、何十年もまえの誰某のものと同じだ、ということで、つまり、オリジナリティがない、という批判なのだろう。こういう価値観というのが、どうも理系には目新しい。

なにかについて論じているとき、それはその論じている対象と、筆者の着眼や論理の展開から導かれる結論が問題なのであって、その論理が誰かの受け売りであろうとなかろうと、その対象についての考察に用いるのは自由なのではないだろうか、と僕は感じてしまうのである。その論理展開は単なる手法の一つにすぎない、と。

たとえば、ある電子回路について、この配線ではこのパーツに多大な電流が流れる可能性があって、その対策を取る必要があるだろう、と論じたとする。それに対して、「お前が言っているのは、単なるオームの法則でしかない」と言われているようなものだ。「そうだよ、オームの法則だよ」と言い返すしかないし、何が悪いのかわからない。相手は何を主張しているのだろう、と首を傾《かし》げてしまうことになる。

つまり、オームの法則は、誰にでも観察できる法則であり、科学的な真実といえるものだから、この誤解はないのだろうか。文系の方が主張しているのは、誰某の経済理論だったり、誰某の哲学だったりするが、それは科学的に広く認められているものではなく、単なる個人の主張、あるいは仮説にすぎない。だから、それを使った理屈の組立てを行うときには、その元となる論理に否定的ならば価値はなくなる、と言われているのだろう。そう想像して、ふうん、そうなのか、と僕は引き下がっている。

しかし、それにしても、そもそも僕はその誰某の○○論なるものを知らないのである。知らずに、こう考えてみたけれど、と述べている。それに対して、その手法は既知のものだ、と指摘するのは良いとして、既知だから無意味だ、と否定するのは行きすぎではないか、と思うのである。いかがだろうか？

もっとも、そういった分野で議論を戦わせるつもりはない。それは、オームの法則で説明できるほど明快な理屈ではないからだ。こう考えれば、こうなってしまうよね、という指摘をしているだけで、それに対する意見を求めているにすぎない。そういった意見を沢山聞いて、他者がどう考えるかを知りたいのである。だから、意見を言わずに、「その○○論を俺は知っている」と言われても、僕としては価値がないデータなのだ。○○論なるものを調べる気にもならない。

9 大勢の中の一人と自分を位置づけるのが常識的な人間の感覚である。

一対多数という状況は多くの場面で見られる。たとえば、学校だったら先生と生徒がそうだ。教室では先生は一人、生徒は数十人。そうなると生徒は、先生の自分に対する認識は、数十分の一でシェアされているはずだ、と考えるのが常識的である。この感覚から、教科書に隠して漫画を読んでいても、うとうと眠っていても、滅多に見つかるものではない、と考えてしまう。だが、実際には教壇から見渡すと、数十人を相手にしていても、そういった挙動不審な一人を見つけ出すことは非常に容易《たやす》い。タイムシェアで数十分の一になっても簡単に発見できる。

芸能人とファンとか、作者と読者の関係も、一対多数である。教室の場合よりもずっと大勢で薄められる。一から多数への声は、増幅された音響や大量印刷された書物で届くので、まるで一対一で語られているかのように聞こえてしまうけれど、だからといって、「私のために語ってくれた」と認識するのは非常識である。

ところが、ネット環境でインタラクティブにリンクする昨今では、多数からの声もその一人に届くようになった。届いても多すぎて見ていられない、かまっていられないというのが実情だが、「届いているはずだ」と思える効果が大きい。こうなると、一対一幻想はリアルになってくる。アイドル関係でたまに不穏なトラブルが起こったりするのはこのためだろう。自分が多数の中の一人だということを忘れてしまい、本来の自制が利かなくなり、箍《たが》が外れた状態になるからである。

人間というのは、もの凄く大勢いるのだということをもう一度確認した方が良いと思う。日本には一億人以上いるが、多すぎるから個々の意見など聞いていられない。多くの問題は多数決によって判断され、少数派は我慢をしなければならないことになる。理不尽だと思われるものも、少数派がそう考えているだけのことで、理不尽だと思わない多数派がいるのである。「でも、私の周りではみんな反対している」と言っても、「あなたの周りは、ほんの一部です」と反論されるだけだろう。

僕は、子供のときから、自分は大勢の中にいる個人であって、しかも大勢は自分とは違う意見を持っている、という認識を持っていた。天《あま》の邪鬼《じゃく》だったから、そう思わざるをえなかったのだ。マイナさを武器にして作家になったけれど、マイナさが際立つのは、それに見向きもしない大勢が存在するおかげである。大勢の中にいる、という認識に、是非、大勢の無理解者の中に、という感覚を持っていただきたいものだ。

10 「土地に縛られた日本人」問題について少し考えてみた。

津波の危険がある場所、あるいは原発事故で危険が及ぶ可能性がある場所から離れたところに住んだ方が良い、と僕は素直に考えるが、既にその土地に住んでいる人には、こういった議論をすることさえ憚《はばか》られる。感情的になってしまうことが少なくない。「先祖代々の土地」という言葉もよく聞かれるところである。おそらくは、その歴史が長いところ、つまり田舎ほど土着意識は高い。この場合の「土地」とは、いったい何を意味しているのだろうか？

単なる「位置」ではない。もう少し「周囲」との関連があるものであり、「環境」に近い概念だと想像される。季節の移り変わりなどの自然と、周辺に住んでいる人々との関係性ともいえる。では、そういった環境ごとならば他所《よそ》へ移ることが可能だろうか。これは、災害があったときの避難所などに、サブセット的なものを見ることができるが、しかし、いずれにしても、「時間」というものが伴っていない。長い時間をかけて培《つちか》われたものは、変更するのにも時間が必要であって、一時にシフトするには無理があるだろう。それこそ何世代もかけないと定着しないものと思われる。

しかし、それでも僕にはまだ理解ができないのだ。変な例を挙げるが、鉄道模型のジオラマ（レイアウト）を作るときに、部屋に固定して作るか、あるいは移動が可能な形態で作るか、という選択がある。固定レイアウトと移動式レイアウト、と区別して呼ばれる。大規模なものは前者にならざるをえない。固定レイアウトは、鉄道模型マニアの一つの夢といえる。ただ、固定されているといっても、家に固定されているだけのことで、その家が老朽化すれば取り壊すしかない。引越もできないし、製作者が亡くなると、遺された家族には、売ることも寄贈することもできず、かといって維持もできない厄介な代物《しろもの》となる。これまでにも、傑作と言われた固定レイアウトが、こうして人知れず解体されてきた。稀《まれ》に、博物館などに寄贈されることもあるものの、その博物館だってやり場に困る。博物館が閉館になることだってある。万物は流転《るてん》するのだ。

実際の土地も、これと似ている。先祖代々の土地とはいえ、ただ、地球のごく表面の土の層に過ぎない。地震があれば地割れし、山崩れがあれば埋もれてしまう。「流れた土は私のものです」とは言えない。田畑も家も山も、永遠にそのままではない。

環境だってそうだ。季節はずっと今のままではない。先祖代々と昔を見るなら、何百年もさきの未来も見るべきだろう。それでも土着第一という理由を、僕は知りたい。

11 真面目に言うが、僕はほとんど巫山戯《ふざけ》た経験がない。

じっくり考えてみたのだが、巫山戯ることが、特に楽しいとは思わないし、巫山戯ている人を見ても、愉快だなと感じることはない。どちらかといえば、巫山戯たことは嫌いかもしれない。実際に、嫌いだと思った経験もないので、嫌いと言ってしまうには抵抗がある。したがって、巫山戯ることに「興味がない」と述べるに留めよう。

ところが、どうも他者から、僕は巫山戯ているように見えるらしい。どうしてかというと、かなり多くの読者から、「巫山戯るな」と言われることが頻繁だからである。「巫山戯るな」という警告は、巫山戯ている者に対して発せられるものと思われる。だから、きっと僕の作品は巫山戯ているように見えるのだろう。

小説というものは、たしかにそもそも巫山戯た代物《しろもの》かもしれない。なにしろ、リアルではない。架空のもの、嘘で固めた虚構である。そんなものをわざわざ書くなんて、巫山戯た奴に決まっているから、作家は例外なく巫山戯た人物だといえる。僕のように、本人にそのつもりがなくても、仕事だから巫山戯た振りをしなければならない、という事情を、少しでも良いので察していただきたい。

巫山戯るには、いろいろな要素がある。おどけた感じに振る舞う、浮かれて騒ぐ、馬鹿な真似をする、などであるが、それぞれ微妙に違っている。おどけた感じというのは、真面目でない様であるが、馬鹿な真似をするならば、真面目のままでも良い。浮かれて騒ぐのは、喧《やかま》しいから傍迷惑《はためいわく》であるが、おどけたり、馬鹿の真似をするのは、無視すれば実害はないので、放っておけば良いだけだ。巫山戯たものが嫌いな人は、関わらないでおくという対処ができる。

ミステリィなどは、特に巫山戯た構造をしている。たとえば叙述トリックなどは、その仕掛けからして巫山戯ているから、最後まで読んだときに、「巫山戯やがって！」と怒り心頭となるのも自然のことだろう。ミステリィファンは、こういったお巫山戯が好きなのだから、どうか見逃していただきたい。実害はないので、放っておこう。

この逆の場合もある。真面目な物語をたまに書くと、「ミステリィになっていない」と怒られる。これなどは、「巫山戯ないとは何事だ！」という意味に取れる。「巫山戯ないなんて巫山戯た野郎だ」という理屈になって、巫山戯ているとしか思えない。

嘘つきは自分を嘘つきとは言わない。同様に、巫山戯ている奴は、巫山戯ているのですとは言えない。言ったら自己矛盾になる。このジレンマこそが、作家の要《かなめ》であろう。

12

「本気を出す」というが、本気以外のものを出せる方が凄い。

「ようやく本気を出したな」などという台詞《せりふ》があって、それ以前には本気を出していないと言っている物言いだが、実際、本人は初めから本気を出していることが多い。たまたま、なにかのきっかけで上手くいった場合に、それが他者から「本気」と観察されるだけの話なのだ。

この頃では、「本気」とは言わなくて、たいていは「マジ」と言う。「マジで？」といえば、英語の「really?」とほぼ同じ意味だが、「本気で言っているのか？」と言うのを略している。この場合、本気で言っていないというのは、嘘を言っている、ということと同じで、会話でも、ほぼ同じ意味で「ウッソゥ」が多用される。何を言っても、相槌《あいづち》に「ウソ」を連発する人がいて、話している方もだんだん自分が嘘つきなのだと洗脳されそうだ。「マジでウソを言ってやろうか」と言ってやりたくなるはずだ。

スポーツ選手などは、試合のまえにインタビューされるとき、「本気を出します」とは言わない。どうしてかというと、本気を出すのが当然であって、こんな台詞を言おうものなら、不謹慎だと非難されること必至だ。しかし、実際のところ、プロほど上手に力をセーブしているもので、常に本気ではない。メリハリをつけた方が有利だったりするので当然だ。その意味では、本気は出さない、という戦略もありえる。

まえにも書いたことがあるが、僕の父は、「あまり本気を出すな」と息子に教えた。成績表も見なかったし、テストで良い点を取っても、これを言われるのがオチなので、見せることもあまりなかった。「頑張るな」とも言っていた。だから、息子がこんなふうになってしまったのだ。マジで困っているわけではないが。

作家としても、作品を書くときに、いつも本気を出していたら、きっと短い作家人生になってしまうだろう。作品には、傑作も駄作もある。読む人によってそれは違うから、いろいろな力加減で投げ分けてみて、初めて何が受けるのかもわかってくる。入魂の傑作を書いてやろう、と思わない方が良いものが書ける可能性だってある。

しかし、本気を出さないのも、考えてみたらけっこう難しい。本気を出す方が単純で簡単なのだ。どうしたら本気を出さないでできるのかを考えないといけないし、どんなふうに手加減をするのか、どこまで力を抜くのか、各種の問題が生じるので、複雑すぎて面倒になる。だから、本気を出すよりも、明らかに、本気を出さない方が難しいし、それをいろいろ実際にできるのがプロの凄さといえるのでは、とまとめておこう。

13 「にわかで申し訳ないのですが」と謙遜のつもりで言っているの？

「にわか」というのは、漢字では「俄」である。べたべたとした塗料は「膠《にかわ》」だ。

長年のファンが集っている場に、つい最近ファンになった人が来て、「自分はまだファンになって間がない」という意味で「にわかですが」と言っているのである。ネットでも頻繁に聞かれる表現で、最近の流行なのかもしれない。

だいたい、この言葉が使われるのは、「俄雨」くらいだろう。「一天俄にかき曇る」というのも常套句だが、これも「一転」とか「一点」の誤用が多い。たしかに、晴から一転するし、入道雲は初めは空の一部にしかないので、間違える気持ちはわかる。

「にわか」は、「急に」という意味がメインだが、「一時的」や「変化の激しさ」みたいなイメージが伴う。だから、ファンになったのが最近だ、つまり「ファン初心者」の意味に加えて、これまでアンチだったのに一転してファンになったとか、ファンになり短期間に作品をすべて読んだほどの激しさとかが、イメージされるので、そこまで言うのは、明らかに自慢であるため、謙虚な物言いではないのである。単に、最近ファンになったのなら、「まだ見習いです」くらいが適当ではないか、と上から目線で言い添えておこう。

俄雨というのは、近頃では「ゲリラ豪雨」と呼ばれるようになった。どういった違いがあるのか僕は知らないが、少なくとも「ゲリラ」は、突然各地で出没するという意味を表していて、このこと自体、広い領域を観察している立場の人間の命名である。つまり、自分の近くのことしか観察できない一般人（ほぼ全員がそうだが）にとっては、ゲリラ的な雨というよりは、「にわか雨」なのである。急にどばっと降ってすぐに止《や》んだ、というだけで、地域的に雲がどう動いたかはわからないからだ。

「にわか」には、そういった空間的なバラツキや、予測の困難さの意味はないので、「ゲリラ的」とは異なる。場所がずれて、結果として予報が当たらなかったという言い訳をするために、気象予報の関係者は、上手い命名をしたものである、と感心する。言葉というのは、そういったところに知性が滲《にじ》み出《で》ているものなのだ。

「瞬間」という言葉が、けっこう「にわか」に似ている。短い時間、急な変化、一時的などの意味がある。たとえば、瞬間接着剤は、「にわか接着剤」と言っても良いだろう。ここへ来て、ようやく最初に書いた「膠」が利いてくるのだ。このような用意周到な文章は、にわかには難しいかもしれない。

14 「○○もびっくり」と聞いても、ほとんど誰もびっくりしない。

僕の記憶を辿《たど》ると、「インド人もびっくり」というカレーのＣＭが最初だったように思う。ときどき、目にするキャッチコピィといえる。実際、僕自身も、「森博嗣もびっくり」という文句を使われたことがある。そんなこと言っていないし、驚いたわけでもないのに、こういうことを書かれるんだな、と本当にびっくりした。

本のオビなどの推薦文に多いかもしれない。「なるほど」と言っただけで、「森博嗣も認めた」になるし、「なかなか」くらいで、「森博嗣絶賛」になるから、「おや」くらいで「森博嗣もびっくり」と書かれるのは、首尾一貫しているといえる。

この言葉のどこが力を持っているかというと、「森博嗣」でもなく、「びっくり」でもない。その間にある「も」なのだ。これは、日本語の妙である。「森博嗣がびっくり」でもなければ、「森博嗣はびっくり」でもない。英語で書いたら、このいずれかの意味になるが、そこを「森博嗣も」と書くところに主要な効果が認められる。

この「も」には、「森博嗣であっても」あるいは「森博嗣でさえ」という主張が隠れている。つまり、普段はびっくりしたりしない冷静の権化《ごんげ》といえるあの森博嗣がびっくりしたくらいだから、日本中の人々がびっくりしても不思議ではない、という意味を醸《かも》し出そうとしている。そこまで読み取れない人が、今の日本人の大多数だと思うけれど、そういう人は、そのオビがついた本など買わないし、だいいち、「どこの誰なんだよ、森博嗣って」という善良な一般大衆だから、かまうものか、いいからかまわず、やっておしまい、という破れかぶれの意気込みなのである。

そこまでいい加減に使うのならば、「森博嗣もびっくら」と一字変えるだけで面白くなる。「森博嗣もびっくし」として「は？」と思わせる手もある。あるいは、もっと内面的なベクトルを重視し「森博嗣もどっきり」などが趣《おもむき》がある。しかし、本気で本を売りたいなら、絶対に「森博嗣はがっかり」だろう。この場合、森博嗣にがっかりしたとも取れる多様性が深い。文字どおり受け取られても、森博嗣ががっかりする内容ならば、メジャで確かな手応えがあるはずだ、と判断する賢者も幾《いく》らかいるのではないか。

どちらにしても、「びっくり」には、善悪の意味がないので、使い勝手が良いのである。単にびっくりするというだけで、面白くてびっくりするとは限らない。実際に読んでびっくりできなくても、それは読み手の特性であって、本の内容を保証するものではない、との主張ができる。そこまで考えて使っていたら、それこそびっくりだが。

15 上は下の気持ちがわかっていない、という例は滅多にない。

下の者の気持ちを上はわかっていない、という物言いはときどき聞かれるところである。このほかにも、大人は子供の気持ちをわかってくれない、とも言う。

上下関係がある。上と下がある。上が偉くて下はそれに従わなければならない、という意味の上下ではない(それもあることは否定できないが)。そうではなく、上に立つ者は、かつては下にいた、という履歴があるために、上下として捉えられている。登山だって頂上からスタートする人はいない。誰もが下から登っていくのである。

上司はかつては部下だった。大人は例外なく子供だった。したがって、下の者の気持ちを知らないわけではない。経験はしている。もし、現在それを認識できないとしたら、忘れているから、という理由しかない。ボケているのかもしれない。

ただ、それ以外にも上下の違いがある。高い位置からは、通常、下のものがよく見える。見渡すことができる。だから、上に立つと、下の者が何人も見える。言い方を変えれば、何人もの下の者を見る責任があるから、上の者と呼ばれるのだ。

下の者個々の気持ちも想像できるだろう。ただ、彼らの気持ちはさまざまであって、皆が一致しているわけではない。部下Aの要求を受け入れれば、部下Bの要求は聞き入れられない。しかし、いずれかを選択しなければならない。これが上に立つ者の宿命といえる。結果的に、部下Bからは、「上は下の気持ちがわからない」と評されることになる。部下Aは、そういったBの言葉を聞いても、きっと黙っているだろう。自分は聞いてもらえたのだから、わざわざ議論をしたりしない。

こういった条件から、この台詞が際立つことになる。ようするに、全員の気持ちを酌《く》むことは無理なのだ、というだけの話といえる。

民主主義においては、多数の者の気持ちを上の者が受け入れる。しかし、明らかな不平等があってはいけない、という原則に従って、なんらかの救済措置を取る。たとえば、聞き入れられなかった人たちに別の形で援助をするとか。そうなると、これは、多数派には面白くない。ちょっと不満が残る。援助を受けた少数派も、本来の要求は通らなかったのだから満足はしていない。みんなが少し不満になるところで手を打つというのが、この社会の仕組みである。みんながハッピィになれるわけではない。

なにかというと「上が悪い」と愚痴る人がいるものだが、そういう人は上に立った経験がないし、また、上に立つには能力不足であることは確かである。

16 人の呼称に、「ちん」や「さ」を付ける習慣が廃《すた》れた？

僕が子供の頃には、大人はだいたいこんなふうに呼ばれていた。たとえば、山田さんだったら、「やまちん」とか「やまさ」と呼ばれる。福井さんなら「ふくちん」か「ふくさ」である。名字ではなく名前から取るときもあるし、漢字を音読みして取るときも多い。達也さんなら「たっちん」、岩田さんなら、「がっちん」になる。渾名《あだな》というよりも、親しみを込めた俗称であるが、たぶん、「ちゃん」が「ちん」になり、「さん」が「さ」になったものと想像する。この俗称のあとには、「ちゃん」も「さん」も「くん」もつかない。

僕の家は、建築業だったので、職人さんが多く出入りしていたから、皆がそう呼び合っているのを頻繁に耳にした。また、親戚などへ行くと、田舎では近所の人をみんなそう呼んでいるようだった。いい歳の大人の男性がそんなふうに呼ばれていることが、子供の僕には不思議だったのである。当時、学校でクラスメートは、たいてい「くん」か「ちゃん」で呼ばれていて、略す場合も、「山ちゃん」「まっちゃん」くらいだった。ときどき、天野君を「アマちん」と呼ぶことはあったけれど、少数派だ。それは、もっと歳上で、おじさん、おじいさんの呼び名のように感じられた。都会の小学校だったからかもしれない。

ほかに、「たん」や「ぽん」というのもあるような気がする。たとえば、ロボットの「ロボタン」などがそうだ。山田さんを「やまぽん」と呼ぶことがあるような気がするが、これは一般的ではないだろうか。

これらは、最近は聞かなくなったように思う。少なくとも僕の周辺ではない。どこかで残っているのだろう、くらいにしか思わないし、どうでも良いことといえばそのとおりである。

うちの犬は、「パスカル」と「ヘクト」という名前だが、前者は、「ぱっか」とか「ぱかちゃん」と呼ばれている。一字めと三字めを取っている不思議さがある。後者は、「へくちゃん」「へくぽ」「へぽ」などと呼ばれている。これは、「ぽん」の活用と捉えるしかないだろう。

残念ながら、僕自身はこういった呼び名をつけられたことはない。親戚の歳上からは、「ひろちゃん」か「ひろしくん」だった。また、学校の友人たちは、名字で呼んだ。名字が短いから略しようがない、ということもあっただろう。

17 電子版には見本というものがない。でも、見せてもらうことにした。

電子出版については、これまでにもいろいろ書いてきた。一言でまとめると、僕は電子出版の方が自然だと考えている。でも、読者はそれぞれ自分の好きな方を選べば良い。大事なことは、いつも両方が選べるようにする自由度を、作り手は用意すること。最近は、印刷書籍の発行と同時に、電子書籍も発売するようにしている。単行本の三年後に文庫になるときも、電子書籍は単行本や文庫と同時に出している。どうして、文庫が三年も遅れるのかは、出版界の不思議というか、伝統的なもので、地方のお祭りと同じだと理解するしかない。最初から文庫で出す機会が増えているから、今後は自然に消えていく文化といえるだろう。

さて、印刷書籍は発行と同時に見本が十冊送られてくる。僕は封を開けることもなくこれを倉庫へ仕舞っている。これまでに三百冊の本を出しているわけだから、三千冊の見本が僕の倉庫にある。それどころか重版されるごとに二冊送ってくるから、第六十六刷まで伸びている『すべてがFになる』などは、百四十冊くらいあることになる。このまま古本屋へ売れば、けっこうな金額になるだろう。

封を開けないのは、ゲラを校了したあと、オンデマンド版の見本を一冊作ってもらい、これで最終チェックをしているからだ。これはカバーも栞《しおり》もすべて実物と同じで、一冊だけ作った見本である。違うのは紙質のみ、さらに活字の微妙な差がある程度。

電子書籍にはこの見本がない。読者がどんなふうに読んでいるのかを知りたかったら、自分で自著を買わないと見られない。これでは発行後になってしまい、問題があったときに修正が遅れる。そこで、事前に電子版の見本を見せてもらうことにした。

現在、これをしてくれるのは講談社だけだが、発行のまえに、iPadを送ってくる。電子版だからデータで送れそうなものだが、そうはいかないみたいだ。ハードをわざわざ送ってきて、そのiPadで僕はチェックをする。内容を読むことはなく、カバーや奥付を中心に、操作しながら、全体を確認することにしている。

電子版には、カバーもなかったし、解説も付かなかった。また、カバーの折返しにある作品リストなどの情報も欠落していて、出版社がいかに電子書籍に力を注いでいないかがわかる状況だった。これらは、順次改善している。やはり、作家がきちんと確認をして見届けないといけない、ということ。それ以外には、累計部数何万部突破、みたいな数字に、電子版を含めていただきたい、と今は願っている。

18

「乾電池十九本、耳を揃《そろ》えて持ってきておくれ」と奥様に言われたこと。

ホームセンタでカートを押していた。横を奥様が歩いていて、商品を籠《かご》の中に入れているのだが、乾電池の二十本セットを入れようとしたので、「あ、そのサイズなら、ストックしているから買わなくて良いよ」と僕は言った。普段から、単三と単四は欠かすことがない。それ以外のものも、量は少ないものの持っている。電池だけではない。僕は自分が使うティッシュとか歯磨き粉とか、すべて次の次くらいまで並べている。停電に備えて懐中電灯も各部屋に配置している。用心深いというか、小心者なのである。

奥様は黙って、それを商品棚に戻した。その後、帰宅してから、だいぶあとになって、工作室の僕のところへ来て、「電池ちょうだい」と言う。僕が「いくつ？」と尋ねると、「十九本」と答えた。

残念ながら、そのとき単三電池は、十五本しかストックがなかった。僕は恥をかいたのだが、奥様はまったく気にせず、「また今度ねぇ」と去っていくのだった。

僕の言い分としては、十九本は尋常な使用量ではない。少なくとも、そんなに大量に必要ならば、ホームセンタの時点で、「でも、沢山いるんだよ」とか、「何本もある？」ときくべきではないだろうか。

しかし、奥様が買おうとしていたのは、二十本セットだったのだから、必要な数はそこに表れている。それを「買わなくても良い」と言った以上、二十本はストックしているだろう、と彼女は判断し、無駄な口はきかなかったのだ。

こういうことが非常に多い。一言コミュニケーションを取ってくれたら防げたトラブルなのに、と思うのだ。彼女のパターンは、僕が言ったことに口答えせず、黙って引くこと。なにか確固たる理由があっても引く。それであとから問題になって、僕の指摘が不適切だったことが明るみに出る。口答えしてくれたら、こちらは楽なのだが。

ちなみに、十九本も必要だった理由は、電飾である。LEDで夜にチカチカさせるあれだ。その程度のことなので、電池が足りなくても、部分的に点灯しないだけのことだから大きな問題ではない、というのが彼女の頭の中での結論なのだ。そこまで考えて、黙っているのであるから、知能犯といえる。

そのときの対処としては、ラジコンの送信機などに入っている使いかけの電池をかき集め、一応十九本は供給した。こういうのを「電池十九本、耳を揃えて持ってきたぜ」と言うのだろうか。十九で耳を揃えるといえるかどうか、やや疑わしいものの。

19

「諧謔《かいぎゃく》を弄《ろう》する」なんて言われても、首が捻挫《ねんざ》するだけ。

最近、エッセイの出版物が増えてきたし、まあまあそこそこ、スズメが号泣する程度には売れるようになったためか、読者からの感想メールも増えている。特に、新しい読者が多く、たいていの場合、「小説は読んでいないのですが」と前置きされている。「いいんですよ、小説なんて読まなくても」と独り言を呟く森博嗣の姿がそこにある。

諧謔とは、面白い気の利いた言葉、弄するとは、もてあそぶという意味だ(弄ぶとも書く)。したがって、面白い言葉をもてあそんでいる様のことだが、なんか表現が重複している気もする。ようするにウィットやユーモアに富んだ文章という意味だから、好評といえるだろう。自分でも実は、文章はこれが最も大事だと思っている。ただ、残念ながら、技術的に力任せで捏造《ねつぞう》できるものではない。未熟を自覚するところだ。

諧謔は、漢字が難しすぎる。ここがいけない。この言葉は知っているが、使う機会が極めて少ないので、漢字のことなどついぞ意識することがない。これは、僕の周辺に、そんな気の利いた物言いをする人物が存在しないのが原因である。リアルで会って話をする人だけではない。ネットで会話をするにしても、ユーモア溢れる人がいない。たとえば、諧謔を弄する土屋賢二《つちやけんじ》先生にしても、リアルではあれほどちゃらんぽらんではない。メールだと、ぷっと吹き出すくらいの妙はあるけれど。

あとは、真面目な堅物《かたぶつ》が多くて、僕自身も人並みに真面目だから、一番面白いといったら僕の奥様くらいなのだが、彼女の場合は、諧謔とは少し方向性が違っていて、もっと吉本芸人に近いナンセンスだと思われるのだ。しかも、明らかに天然だ。

大学だと、ときどき面白い先生がいて、いかにも演じているという感じに、不思議さを醸《かも》し出している。そう、ユーモアは、やはり意図的でなければならない。奥様のように自然環境保全では駄目なのだ。意図的ゆえに知性が感じられ、計算された理論的な道筋があって初めてくすっと開花するのである。

「弄する」を使うのは、ほとんど「策を弄する」のときだろう。これは、人によっては、「策を労する」と勘違いしているが、そうではない。策略が面白くて、必要以上にあの手この手を使ってしまう趣味、そこが弄ぶ感満載なのだ。「諧謔を弄する」も、意図的とはいえ、あまりに技術的、手法的になると「諧謔を労する」になってしまう。人真似で面白く書いてやろうとして失敗するのは、こんな表現が相応《ふさわ》しい。はっきり言って、僕は自分では、この分野で秀でているとは微塵《みじん》も考えていないので、あしからず。

20 順番というものは、さほど重要ではない。

シリーズものを読むとき、最初から順番に読まなければ駄目、と多くの読者が初心者に向けてアドバイスしているけれど、僕は、そんな順番はどうだって良いと思っている、と何度か書いている。たとえば、ものを学ぶ順番もさして重要ではないし、物事を知る場合にも、知る情報の順序はどうだって良い。

なにかを作ろうと思い、作り方を考え、あるときは作り方を学ぶ。材料も揃えることになる。まず、作り方をさきに学びなさい、材料を揃えるところから始めなさい、という順番は無意味である。面白いところから始め、その面白さが動機となって、もっと知りたい、調べたい、と進む。進む方向がつまりはその人にとっての前進であり、その方向は人によってまちまちなのだ。みんなが同じ方向へ進む必要は全然ない。

人を知る場合も、まず現在を知る。今どんな姿で、何をしているのかを知る。興味を抱き、その人の過去を知るのはそのあとだ。小さい頃から順番に見ていないと、その人物がわからないというなら、それは両親くらいしか実現できない。

そういう意味では、一つの物語であっても、最後から読み、その結末が面白かったら、最初から読んでやろう、という読書法だってありだ、と僕は思う。作家が意図しない読み方はいけない、などと言うつもりはない。各自が自分を楽しませる手法を持っているのが望ましい。

つい、自分と同じ道を歩いてほしい、自分が歩んできた順番で経験してほしいと思いがちで、そういった願望が、指導的な物言いに含まれる場合が多いが、あくまでも主観的なものであって、それがベストではない。もう少し物事を俯瞰《ふかん》する見方が必要だ。あなたの順番は、たまたまあなたが辿った道、一つの手法にすぎない。あなたにとってその道に価値があったと感じるのは、単なるノスタルジィであり、客観的なノウハウとはいえない。順番は大きな問題ではない。少々前後しても、人間の頭脳は簡単に処理でき、時間が経過するとほとんど順番を忘れてしまうほど、実は自身でも重要ではない。むしろ、順番が違って、別の捉え方をする方が価値がある。自分と同じ捉え方をしてほしいというのはエゴであるばかりか、不利益を導く。違うものの見方をする人間の方が、お互いにとって有益なのである。

そもそも、順番が同じであっても、捉えられる知識はまったく別ものとなる。知る順番を気にするわりに、忘れる順番に言及しないのも、不思議なところである。

21 売れていても、評判が良くても、商売が成功しているわけではない。

人気がある、行列ができている、みんなが褒《ほ》める、という状況でも、気がつくと店仕舞いしている商売がある。「不思議だね、流行《はや》っていたのにどうして？」となる。

そもそも、普通の人が観察できる人気、売行き、評判といったものが、必ずしも商売の評価とは一致しない。たとえば、極端な話をすれば、もの凄い大安売りをすれば、客は集まり、飛ぶように売れるけれど、儲《もう》からないから、そのまま商売は続けられない。ビジネスというのは、売上げから経費を差し引いた収益が目的である。これを得るために行っている。したがって、どんなに素晴らしい商品を開発できたとしても、それがもの凄く人気を博して売れたとしても、開発と生産と労働に多額の費用がかかっていては収益が得られない。よく、消費者のために、皆様の満足を第一に、という言葉で飾っているけれど、それが第一であることは、商売の成立と明らかに矛盾する。

生産にかかる費用より高く売るから収益が出る。仕入れ値よりも売り値が高いからこそ商売になる。しかも、そのビジネスに関わるすべての人員に支払われる人件費も差し引かなければならない。赤字覚悟とか、赤字でやっていますとかは、つまり嘘である。

たとえば、小説家でも芸術家でも、ビジネスとして続けるならば、この基本的な原理に則《のっと》っていなければならない。長い時間をかけて悶々《もんもん》と悩み続ければ続けるほど、良い作品になる、というのはそのとおりかもしれないが、もしそうなら、良い作品ほど、商品として価値がないことになる。時間をかけた大作に高い値段をつけられるならば良いけれど、実際には本の厚さでだいたい決まっている。また、良い作品ほど大勢の読者が買ってくれるならば問題ないが、そういった現象は、僕が知っている範囲では見受けられない。だいたい、作家につき読者の数は決まっていて、作品の善し悪しで二倍も売れ方が変わるということはない。だとしたら、少なくとも二倍の時間をかけて書くというのはプロとして失格だという結論になる。プロとは、その作品でビジネスをしているという意味だからだ。

逆に、作品を書き上げる作業を効率化し、生産面で合理化すれば、同じ作品でも商品価値が高くなる。それは、人気を得て、読者が増えるのと同じことなのである。

もちろん、儲けた者が偉いという話では全然ない。自身をどうデザインするか、どんな未来、どんな状況をイメージするかによる。自分が考えたものに、現実を近づけることが「成功」という概念である。

22 「お気持ち」は、「お考え」ではない。

昨年のことだが、天皇陛下が、ご自身の年齢と職務について語られて、大きなニュースになった。このとき、そのお言葉を読んでみると、「高齢になり、このままではいずれ職務が続けられなくなるのでは、と心配しています」という内容だった。おっしゃっていることは、「心配だ」に要約される「お気持ち」なのである。

だから、なんとかしてほしい、も気持ちの内であるが、どうするのか、という「お考え」は含まれていない。天皇は政治に関与してはならない、というお立場からこうなる。考えるのは政府、あるいは国会の仕事であり、つまり国民の責務といえる。

もっと踏み込んだご発言があるかと予想していたけれど、「なるほど」と僕は思った。変な言い方だが、ぎりぎりのご発言であり、そのバランス感覚が素晴らしい。

それは良いとして、国会などの議論を普段いろいろ聞いていると（ネットで読んでいると、の意味だが）、野党があれこれ政府を追及しているように見えるものの、そもそも、議員の方々が「お気持ち」を述べているだけで、まったく「お考え」を示されていないように見えるのだ。立場上しかたがないとはいえ、野党の議員に多い。「これは、おかしいじゃありませんか」という「お気持ち」である。だから、何だ、どうならばおかしくないのか、どうしてほしいのか、何か対案はあるのか、と「お考え」を聞きたくなる。議員は、国政に大いに関わらなければならない。それが責務なのだから、「お気持ち」を示すだけでなく、「お考え」を述べていただきたいものだ。

国会だけではない、マスコミもそうだし、街頭演説なども似ている。「オスプレイ反対！」と繰り返されても、それは、「私はオスプレイが嫌いだ」という「お気持ち」でしかない。何故反対をするのか、どうすれば良いのか、オスプレイの代わりになるヘリコプタは何なのか、という「お考え」を示していただきたい。

べつにオスプレイに拘っているわけではないが、沖縄で海岸に墜落する事故があったとき、「厳重に抗議」とまず書かれていて驚いた。乗組員の安否を問い、原因究明を求めるならば話はわかるが、「オスプレイだから落ちた」という「お気持ち」しか伝わってこない記事は、どう見ても常軌を逸している、と僕は感じた。これは僕の気持ちだから、ついでに考えを示しておくと、まず反対するならば、何に反対し、どんな根拠でその意見なのかを示し、改善策として、どんな方法があるのか、を示してもらいたい、ということ。議論はそこから始まるのだ。オスプレイだけの話ではなくて……。

23

オスプレィの非難に文句をつけると、オスプレィに賛成なのかと言われる。

これも、注意が必要だろう。オスプレィ反対の反対みたいなことを書いたが、オスプレィに賛成しているわけではない。まあ、しかたがないのかな、くらいが正直な気持ちである。既に何度か書いているとおり、僕は自衛隊が違憲だと考えていて、あらゆる武器が国内にあることに、賛成はできない。憲法が書き換えられるならば話は別だが。それについても、既にいろいろ書いているので、ここではこれ以上は控《ひか》える。

自分の立場にほんのちょっとケチをつけられると、もう「敵だ」という認識をする人たちがいる。議論以前の問題である。人を敵か味方かで判別する立場では、議論というものが成り立たないともいえる。敵味方を決めるために議論をするのではない、というのが僕の意見である。自分と違う意見の人を尊重し、むしろ違う意見が出ることが良い状況だと思う方が、健全な社会、健全な人間関係だと認識している。

たとえば、原発についても、僕は寛容な意見を幾度か書いてきた。その主な理由は、火力発電に反対しているからだ。火力発電による環境破壊は、原発事故の比ではない。

人類の将来にマイナスだと考えている。そうなると、原発は、現状ではしかたがないか、という意見である。これを、原発推進派とか、原発賛成とかと言われるのは心外である。しかたがなく実施することはいくらでもある。たとえば、税金などもそうだし、警察も自衛隊もそうだ。なければない方が安心だし平和だが、なかったらやっていけないから、しかたなく存在しているのである。税金に反対してもしかたがない。税金の無駄遣い反対ならば、まだわかるが、その場合、無駄遣いの定義が揺らぐことだろう。

満員電車にも反対したら良いではないか。満員電車ゼロにしてほしい。諸悪の根源なのでは？　交通渋滞も反対だ。高齢者の事故が増えているから高齢者の免許を取り上げろという意見があるが、全員から免許を取り上げたら、交通事故はゼロになる。

ところで、こういうことを書くと、高齢者だから、高齢者の運転に賛成の立場なのだ、とまた言われるのである。反対に反対したから賛成だという単純な判断がいかがか、と書いている。反対に反対しても、賛成ではない。それくらいはせめて覚えてもらいたい。

確かなことは、どんな意見を発しても自由だ、という人権である。その次に大事なのは、その意見によって人物を差別しないこと。意見が違っていても、困ったな、くらいで済ませよう。また逆に、意見が一致しているからといって仲間だと思うのも間違い。「仲間」の多くは利害関係の一致が見せる、一時的な仮の関係にすぎない。

24

鉄道の人身事故の多さは、都会の脆弱《ぜいじゃく》性の一つ。

最近多いのではないか、と大勢が口にしている。そのとおり、統計でも増えているらしい。特に関東圏が多くて、毎日一人か二人は亡くなっている。それに伴って、どこかの路線が何時間か止まってしまう。大勢が不満の声をネットに流し、それが遠くから眺めていても異様な光景として見えるのである。

テロがあったり、ミサイルが飛んできたりする可能性はあるし、また、原発の事故、川の氾濫、交通事故など大小さまざまなトラブルが都会の安全を脅《おびや》かしているけれど、鉄道の人身事故による影響は、それらと比較してもけっして小さくない。

都会というのは、経済効果のために作られた装置であり、人を集めることで成り立つビジネスがこの装置によって繰り広げられている。人が集まらないと話にならないから、あの手この手で人を惹《ひ》きつける。魅力のある町ランキングよろしく、おしゃれで楽しい環境をアピールしている。

けれども、集まっていることで起きる弊害も数多く、人々も都会の危険度に気づき始める。それはそうだろう。動物としての本能が、これは変だ、と感じさせるはずである。どうして自分はこんなところで生きているのか、と疑問に思うはずなのだ。自殺が都会の理不尽さによって起きるという意味ではない。一人の人間が、何万人、何十万人に簡単に影響を与えてしまうその過敏さに問題がある。それが、人が集まっていることの脆弱性であり、テロやミサイル攻撃と同じリスクと僕には見える。電車に飛び込む人も、大勢に影響を与えたいという最後の願望を持っているだろう。その願望こそが、都会で育まれたものだ。周囲にもの凄い数の人間がいるのに、誰も自分を見てくれない。他人ばかりが触れ合うほど接近している不自然さ。その歪《ゆが》みから、生まれる同じように歪んだ願望といえる。

雪が降りそうになると、「明日は都心でも積雪か」とニュースになる。朝になってみると、白いスプレィでしゅっとやった程度のものを積雪と呼んで大騒ぎする。アスファルトの表面でたちまち解けて、ぐちゃぐちゃの状態。この程度の雪を恐れている異常さが、都会の特徴だということである。どう見たって不自然だ。

何故、そんなに大勢が集まる必要があるのか、という点が問われなければならない。もちろん、エネルギィ効率という問題はある。集まって得なことはある。それでも、あまりにも行きすぎていないか、という点が、僕の疑問なのだ。

25 ラノベの定義について書こう。

　どの作品がラノベなのか、というのはだいぶ以前からときどき議論になる。ある人は「読みやすさ」だと言い、「会話の多さ」だとも言うし、また、「キャラクタ」とも聞く。ここでは、僕の考えというか、認識しているところをずばり書こう。

　断っておくが、僕は（僕の定義による）ラノベを一度も読んだことがない。読まずに書いているのだ。といっても、ラノベ以外もほとんど読まない人間なので、ラノベだけを毛嫌いしているのではない。また、既に書いたことがあるが、ラノベというのは、クラシック音楽に対するポピュラ・ミュージックみたいなもので、立派な文芸の分野だと捉えているし、自分の作品がラノベだと言われることにもまったく抵抗がない。

　さて、定義は簡単だ、カバーに登場人物の絵が描かれているものがラノベである。もう少しつけ加えると、公式のビジュアルが作品に含まれているもの、といえる。

　たとえば、僕の作品だと、『スカイ・クロラ』のノベルス版は、鶴田《つるた》謙二《けんじ》氏が描かれた登場人物（らしき人）の絵があるからラノベである。この作品は、単行本と文庫には、ノベルスの絵が使われていないから、その場合はラノベではない。このように、同一作品であっても、その本によって違う。というよりも、それを読んだ人によってラノベになったりならなかったりするのである。

ＴＶや映画で映像化された場合、本に直接付随していないから、それだけではラノベと呼べないが、その映像を前提として本を読んだ人にとってはラノベになる。逆にいえば、たとえ絵があっても、その絵でキャラクタをイメージしていない読者にとってはラノベではない。

たとえ公式の絵がない場合であっても、絵が後付けで加えられるケースもある。たとえば、同人誌がそうだ。漫画の同人誌で、その作品のキャラクタが描かれていて、その絵を前提として小説を読めば、限りなくラノベに近いものになる。

つまり、ラノベとは、登場人物をイメージする手助けをしているビジュアル情報が存在し、それによってキャラクタを読み手が自力で想像しなくても良い、という点において「ライト」なのである。もっとも、そもそもキャラクタをビジュアルで想像することがないという読み手も存在する。名前だけで充分だ、という活字派である。このような人にとっては、ラノベというものがそもそも存在しないことになる。

ラノベが日本に多い理由は、映像イメージが不得意な日本人の特性にあるだろう。

26

小説について誰かと語りたい、という人が多いが、何を語るのか？

小説を読む人間が、日本には千人に一人くらいしかいないし、ある特定の作品になると、何万人に一人くらいの確率になるから、同じ大学なら、いても一人、日頃出会う知合いにはほぼいない、というのが計算上の話になる。それでも、自分が体験した架空の物語について誰かと感動を分かち合いたい、という欲求があるようである。

こうした願望を呟いている人が多いのだが、それだけ広範囲で超マイナな同類を見つけることが容易くなったネット社会の恩恵ともいえる。今ほど、奇跡の出会いが現実的な社会はかつてなかったのである。

ところが、自分が読んだ物語について、相手を見つける以前から自発的に語っている人が非常に多くて、しかもその内容はほとんど「あらすじ」に終始している。物語について語っているというか、物語そのもの、要約なのである。となると、たとえば、その物語を既読の人に出会ったとき、二人は何を語るのだろうか。自分が語りたいことは、既に相手は知っていることである。「ほら、あそこはこうだったよねぇ」「そうそう、そうなの、そうだったよね」と確認し合う以外にこれといってお互いに語れるものがないのではないか、と心配になってしまう。

そんなことはない、それについてどう感じたか、という自身の感情的な反応があるだろう、とおっしゃるかもしれない。もちろん、そのとおりだ。そして、そういった感情は人それぞれであり、ある人が素晴らしいと思ったシーンで、他の人はつまらないと感じることもある。そうなると、感じ方が違っている人に出会いたい、ということになるのか、それとも、自分と同じように感じた人に出会って、「共感」を得たいのか、という問題になる。もし後者ならば、同じ物語を読んだ人に出会う確率をさらに引き下げることになるし、前者が目的ならば、そもそも「同じ体験をした人」を探しているのではないから、同じ本を読んだ人を捜すという願望からして考え直す必要があるだろう。

そこまで、おそらく皆さんは考えていない。ただ、「うわぁ、良かった」というときに、近くに誰かいて欲しい、くらいの軽い欲望なのである。映画やライブだったら、一緒に観にいけるが、本は二人で一緒に読むことはかなり難しい（気持ち悪いし）。

ネット社会になって、同じ趣味の人を求める衝動が強いベクトルを持つようになったと観察できる。大勢が自分の趣味を発信し、自分を理解してくれる人に出会いたい、と網を張っているのだ。趣味が合うことがそんなに大事か、と僕は常々感じている。

27 「森博嗣さんですね、読ませていただいています」と聞くと、嬉しくない。

最近は、皆さんから遠く離れた場所で暮らしているので、こういった経験をしなくて済んでいる。大学に勤めていた頃には、けっこうあった。

だいたい小説なんか読む人間は極めて少数だから、普段の生活ではほとんど変化はないものの、それでも、予想外に売れたからなのか、ときどき、むこうから言ってくるときがある。ただ、その八割は、「読んでいますよ」ではなく、「本を見ました」くらいで、誰かから小説家だと聞いた程度で、本を買って読んだわけではない。その一線を越えて、本を自分の金で購入し、しかもその中の活字をすべて読んだ、という奇特な方も稀にいる。確率的に低い珍事であるが、奇跡と呼べるほどではない。

さて、そう言ってくる方にしてみると、作者は喜ぶだろう、という気持ちがある。たとえば、芸能人などもよく「ファンの方に声をかけられるのは嬉しい」と発言しているし、政治家もタレントもスポーツ選手も、自分を支持してくれる人の存在はありがたいと考えているのが普通みたいだ。それ以前に、小説は読者が大勢いることが売上げに直結していて、それはそのまま作家の印税収入を左右するのだから、ありがたい、というのは否定しようがないはずである。

それでも、僕はこういうのが苦手である。その第一の理由は、有名になりたくない、人に知ってほしくない、という僕の根本的な気持ちにある。これは、性格でもないし、思想というほどでもないし、信条？　それとも生き方？　どう説明して良いものかわからない。説明したいとも思わないし、考えもしないからわからないのである。

たとえば、僕の家族は、誰も僕の本を読んでいない。息子が読んでいるかもしれない、という噂は耳にしたことがあるが、直接そんな話をしたことはない。奥様は、確実に読んでいない。もし読んでいるなら隠れて読んでいる可能性があるが、そういうことこそとしたことをしない公明正大な人なので、たぶんありえない。こういったことは、僕としては非常に助かっている。やはり家族は僕のことを知っているな、と思うのだ。

ファンの人に会う機会はあるけれど、作品の話をすることはまずない。ファン倶楽部で講演会をして質問を受けるときだけが例外だろう。そのときは仕事だからしかたがない、と割り切っている。

僕はサインもしないし、雑誌のインタビューも受けない。写真の公開も今はしていない。表舞台に出ていかない、という我儘《わがまま》を今は通させてもらっている。

28 材料のストックがある幸せを、僕は大事にしている。

世の中、断捨離《だんしゃり》が流行しているのか、ものを捨ててシンプルなライフスタイルが格好良いと考えている人が増えた。これについては、宣伝に乗せられている消費者にしか見えないが、人の嗜好《しこう》にとやかく言うつもりはないので、聞き流していただきたい。

以前にも書いたことだが、ものを創作する人は二種類に大別される。作る対象を決めてから材料を探す人と、材料をさきに集めてそこから作るものを発想する人である。前者は、作る対象にまず愛がある。そして設計図を描き、それを作るための資料、材料を調達する。このタイプの創作者は、計算型の思考をする。合理的である。部屋も片づいているから、シンプルライフと相性も良いはずである。

一方、後者のタイプは、発想型の思考をする。その発想のために、周囲にはガラクタが集まるだろう。自分にインスピレーションを与えてくれるものたちを愛するが、自分が作る対象に愛を（初めから）持っているわけではない。作る過程で得られるものが彼らのすべてだからである。

僕は、完全に後者のタイプなので、僕の周囲には、材料や部品、何に使えるのかわからないガラクタが大量に集積する。そういったものが僕の宝だ。時間さえあれば、そんなガラクタを眺めて、なにか作りたいけれど、どれが何に使えそうか、と突然思いつくのを待っているのだ。

基本的なパーツというものは、常時ストックしている。セメダインCという接着剤を三十箱くらいは持っているし、ネジやナットは可能なかぎりすべてのサイズで揃えている。つまり、作りたいものがあったときに、材料が存在することが前提なのだ。したがって、設計図というものは描かない。作りながら考え、持っている部品でなんとか工夫をしてでっち上げる。

小説の執筆についてもまったく同じスタイルである。書くものを決めて、設計図を描くこともないし、それを書くために取材をすることもない。ただ、日頃から広い範囲で情報を得て、使えそうなものを集めておく。あとは書き始めれば、そのときどきで発想があって、むしろこれが面白い。

小説に必要な材料や部品は、すべて頭の中にあるから、幸い物理的なスペースはまったく必要ない。不足するものは別ウィンドウで検索するだけだ。ただ、頭の中では、ガラクタが山のように集まっているので、すぐに探し出せないことが多い。

29

宇宙人は、ほぼ確実に十進法を採用していない。

十というのは、キリの良い数ではない。素数である五の二倍というくらいしか特徴がない。その五にしても、キリが悪い。一つ多い六に比べたら全然便利とはいえない。それなのに、十進法が世界を席巻《せっけん》したのは、たまたま人間の指の数が五本だったからだろう。したがって、どこか遠くの星か、どこか遠くの時代に知的な地球外生命が存在した場合、彼らの指が五本である保証はないから、十進法を採用する可能性は低い。

十二進法が、最近まで勢力を持っていたし、今でも寸法など多くの対象で用いられている。十二は六の二倍だからだ。半分にもできるし、さらにその半分にもできる。三つに等分することもできる。非常に使い勝手が良い。それでも、完全な十二進法で数の体系が作られなかったのは、桁《けた》があがったあとの勘定が、指を折ってできなかったためだろう。

長さの単位であるフィートは十二インチと等しい。また、一インチより短い長さは、半インチ、四分の一インチ、八分の一インチで測られる。つまり、長さをちょうど半分にすることは幾何学的に簡単だからである。小数は使われないから、〇・六インチなどという長さは存在しない。十進法は実用には適していないから、当然こうなる。

時間も十二進法である。一分は六十秒、一時間は六十分、一日は二十四時間だ。一秒よりも短い時間は、昔は測ることができなかったから、単位がない。寸法のように目で見て半分にもできなかった。今では、一秒以下は、十進法で分割されている。いろいろややこしいことになっている。

僕の身近だと、プラモデルやミニカーのスケールが十二分の一、二十四分の一などが多く、十分の一や百分の一スケールなどは世界共通として存在しない。

そもそも、未だに世界はメートル法で統一されていない。重さもそうだ。切り換えられないのは、習慣ばかりではなく、そもそも十進法が使いにくいという抵抗感があるためだろう。

日本は、不思議なことに、昔から十進法だったようだ。これは、中国の影響だろうと（専門家ではないので）勝手に想像している。少なくとも、メートル法へも比較的スムーズに移行したのは、十進法だったからだ。偶然とはいえ、暗算などに強いのもこの文化だからだろう。十二といえば、十二支と十二単《ひとえ》くらいしか思いつかないが、これを「十二」と書き表すのが十進法である。twelve のように一つの単語は日本にはない。

30 「カップを口につけた」と書いていつも直される。

僕の小説では、頻繁に登場人物たちがコーヒーを飲むらしい。会話をするときに手持ち無沙汰だと作者が感じるのかもしれない。コーヒーもなにも飲まずに、こんなに話し続けるなんてありえない、と思っている節もある。

台詞の合間に、「そう言いながら、彼はカップを口につけた」と書く。すると、ゲラになったときに校閲が指摘してくる。「カップに口をつけた」ではないでしょうか、という疑問である。鉛筆で指摘があって、「?」と記される。校閲というのは、たとえ明らかな間違いであったとしても、勝手に直したりはしない。疑問として指摘し、著者に修正を促すのだ。

何度もこの指摘を受けているから、素直な僕は、ときどき指摘に従って直しているのだが、どうも頭に入らないのか、また同じように書いてしまう。

「カップに口をつけた」が正しいらしい。でも、僕は「カップを口につけた」が自然だと思えるので、そう書いてしまうという問題である。そんなものどちらでも良いではないか、と思われるかもしれないが、そう、そのとおり、どちらでも良い。ようは、カップと口がランデブーするという現象を表現していて、おそらく誤解はないだろう。

動作として客観的に見ると、顔の位置はあまり動かない。移動する距離が多いのは、カップの方である。カップは手によって口まで運ばれてくる。「AにBをつける」という言葉は、AへBを近づけていった結果である場合が多いだろう。「耳にイヤリングをつける」は言うが、「耳をイヤリングにつける」と言う人は少数派だと思う。

この動作から、僕は「カップを口につける」と書いているのだ。ただ、酒がなみなみと注がれた杯《さかずき》の場合は、それを持っている手を動かすと零《こぼ》れてしまうので、口の方を近づけて飲むようなこともありえる。これだと、「杯に口をつける」が馴染む。

校閲が指摘するのは、おそらく「口をつける」という言葉が慣用的に用いられているためだろう。言葉の響きとしてそちらが自然だ、という判断である。これは、この文章を読む人にも同じ印象を与えるだろう。つまり、文章を読んでも、実際にカップと口をどのようにランデブーさせるかをイメージしていない人が多数だということを物語っているのである。ビジュアル派の人は、「カップを口につける」に納得してくれるはずだ。

僕は、「手を上げる」よりも高い位置まで腕を伸ばす場合には、「手を挙げる」と書くし、ゆっくりと「ふる」ときと、ぶるぶると「振る」ときも記述を変えている。

31 思考の道筋を一度築くと、そこに沿ってしか考えられなくなる。

ちょうど、軟らかい地面にできたタイヤの跡（轍《わだち》という）のようなものである。通った道は、溝のように凹《へこ》んでいるから、次に同じ場所を通ると、タイヤがそこに落ち込み、自由が利かない。人間の思考もこれと同じで、一度考えた道筋をつい通ろうとしてしまう。知らず知らず、自由に考えられないようになっているのである。

こういったことは、年齢を重ねた人に多いのはいうまでもない。

「あ、それはね、私も考えたことがある」と言いながら、どう考えたかを思い出そうとする人もいる。思い出せないものだったら、新たに考えれば良いではないか、と思うのだが、頭脳を働かせることはエネルギィ的にも重労働であり、できれば避けたいというのが、生物としての本能なのだ。ノウハウはパターン化し、処理も既往のものから選択されるだけになる。いちいち考えているよりも、過去の事例を踏まえてきぱきと処理する方が、仕事ができる人だと認識される。

ただ、実際には、条件はさまざまであり、過去の事例とまったく同じではない。新たなデータを加えて、考え直してみる価値はきっとある。これをパスしてしまうことは、結局は自身の不利益になりかねない。「わかっている、わかってはいるんだけどね」と受け流す人が多いが、この受け流し方も、既に刻まれた深い溝を通った思考といえる。経験を重ねることは、地面に何本もの溝ができているわけだから、自由に考えるためには明らかに不便な状態なのである。ときどき、「初心に返る」とか「リセット」して、真《ま》っ新《さら》な頭で考えたいものだ。簡単にできることではないかもしれないが。

こういった人間の思考の弱点を突いてくるものも存在する。引っかけクイズとか、ミステリィにおけるミスリーディングとか。あるいは、詐欺などの犯罪でも、おそらく取り入れられているはずだ。というよりも、いつも自由に思考できる人間ならば騙されることがないのに、と思えるようなものに引っかかってしまうのは、やはりこの頭の溝のせいなのである。言葉にすると、「思い込み」というのだろうか。

犬や猫などを観察していると、人間以上に思い込みが激しい。つまり、人間はまだ自由に思考できる能力を持っている、といえる。「今まではこうだったけれど、これからはそうはいかない」と自分に言い聞かせることができるのは人間だからだ。

注意したいのは、上手くいったときの道筋ほど深くて強固だという点である。自分が通った道が、自分を縛ることになる、と意識していた方が安全である。

32

「乗っている」ときは、周囲が見えていないから、要注意である。

作品に対して、「これは作者が楽しんで書いている」「筆が乗っているのがわかる」と読者から指摘されたものは、作者としては逆に、調子が悪い、乗り切れないときに書いたものである。一方、（あまりないのだが）ときには筆が乗っていると思えるような好調なときもあるが、こういったときに書いたものに対しては、反応は今一つだ。

少なくとも、僕の場合はそうである。どんな乗り方なんだ？と思われるかもしれない。たぶん、天の邪鬼だから、普通の人と違う「乗り方」をしているのだろう。窓から上半身を出して背中を外に向けるいわゆる箱乗り（昔、暴走族というグループがいて、こういう違法な乗り方をしてはしゃいでいたのだ、と説明しないといけない時代になったことよ、注：詠嘆）みたいなもので、乗っている本人は愉快でも、周りからの視線は冷たいということである。

ようするに、「乗っている」というのは、自分の世界に浸《ひた》っている状態なのだから、当然こうなる。これに比べて、乗っていないときには、嫌々書いている、仕事だからしかたなく書いている、そうなると、とにかく、ノルマを果たそう、このつまらなさが表面化しないように読者が喜びそうなことを書こう、といった方向へ思考が集中するから、結果的に、そのとおり読者が喜ぶサービス満点の文章になるのである。

おそらく、小説に限らないだろう。たとえば、歌手とか俳優とかでもそうだ。乗っているように見えると、楽しんでやっているな、と観る方は感じるが、実はやっている方が冷めているものだ。お笑い芸人が楽屋ではぶすっとしている、という話を聞いたことがあるだろう。プロというのは、そういうものである。ただ、「乗っているな」と思われることは、一つの成功パターンであるから、そんなふうに感じてもらうのは心外だ、という意味ではない。この乗り切れない気持ちを察してほしいなどと訴えているわけではない。だいたい、自分の気持ちを訴えるようなことは、プロにはありえないことだ。

さて、ものを書く方、歌う方、演じる方にしてみると、つまり乗らない方が良い、という話になる。乗ってしまってはいけない。冷静に自分の仕事を観察する目が必要であり、見失っては良いものが作れない。だから、アマチュアの方がなにかの拍子でプロになったとき、「なんか楽しくない」「今一つ乗り切れない」と感じるのは、むしろプロになった証拠であり、その状態でも作り続け、もっと楽しくない、さらに乗り切れない状態へと自分を持っていくことが、すなわちプロとしての上達なのである。

33 不思議な人は、春に現れる。

不特定多数とつながり、憧れの人へもメッセージが手軽に送れる時代、自分の夢を語り、どんな振りも簡単にできてしまう時代、まさに夢と幻想の時代が、今である。

僕は、アイドルやスターになったことはないが（なりたくないが）、作家という職業にたまたま就いてしまい、不特定多数を相手にする商売に身を投じることになった。ずいぶん儲けさせてもらっていて、まったく不満を抱いたことはない。しかし、ときどき、ちょっと不思議なファン（らしき人）に出会うことがあって、恐いとまでは感じないものの、人気商売の最前線にいる人は大変だろうな、と想像することができる。

ファンに刺されたアイドルや殺された作家がニュースになった。殺してやるといったメッセージを受け取ることは、おそらくスターならば日常茶飯事なのだろう。僕の場合は、これほど強烈な経験はないけれど、返事をくれなければ自殺しますくらいのメールなら来る。僕は、こういったものを無視できる人間なので、大事になっていない（自殺したかもしれないが、そんな知らせを受けたことはないし、たとえ受けても、責任を感じたりしない程度の信念は持っている)。

遠方から夜中に訪ねてきて、不法侵入した例は過去にあった。このときは警察沙汰になっている。同じような例は数回あって、いずれも、そのおかしな人は、自分はファンだと自覚していた。全員が女性であり、年齢は三十代以上だ。既婚の方が多く、明らかに精神的に正常ではない場合というのは半分くらいの割合。いずれも、僕はそういった方に会わないし、話合いもしない。

ストーカのように毎日メールを送ってくる人は、常時数人はいる。自分語りに終始したもので、最初のメールで既に「変な人」だとわかる。以後はゴミ箱行きになるので、中は見ないが、溜まっている数はわかる。返事を書いたことはない。長いときは何年も続くが、いずれ静かになる。大きなトラブルになったことはない。

だいたい、こういった不思議な人物が活動的になるのは春である。ほぼ例外がない。具体的には、三月か四月だろうか。年度が変わり生活の環境が変わるからなのか、理由はわからない。その種の人たちを相手にしている医療関係の友人も、「このシーズンが顕著に多くなる」と語っていた。なにか生物的な理由があるのかもしれない。

普通の人でも、春はうきうきする。躁鬱病《そううつびょう》の家族を持っている人が言っていた、「鬱ではなく躁が大変なんです」と。「乗っている」人は、ある意味、厄介なのである。

34

ゲームというのは、制約の中で成立するものであり、基本的に不自由だ。

現実というものは制約が多い。金がない、時間がない、能力がない。それでも生きていかなくてはいけないゲームが「現実」であり「人生」である。しかも、生まれながらにハンディがある。最強のアイテムを持っているなんて確率は低い。たまに、そういうプレイヤがいると、「あいつはいいよな」と妬《ねた》ましくなる。自分もあんなふうに生まれたかったと恨めしく思うだろう。ゲームから降りるのは可能だが、リスタートすることはできないのだから、取り戻せるわけではない。だったら、この現実の中にあるもっと制約の厳しいさらに不自由な「ゲーム」で遊ぶしかないか、ということで、みんなゲームに夢中になっているのだ。すなわち、「ゲーム」の面白さは、「現実」という一回り大きなゲームを一瞬だけ忘れることができる、との錯覚が見せる幻にほかならない。「仕事」もゲームである。「現実」の中にあって、「現実」よりは制約が多い。より不自由な環境に身を投じるゲームだ。人間の生活、人生というのはかなり複雑なものといえるが、仕事は制約が多く、ある意味でシンプルである。だから、ＡＩや機械に仕事を取られたりする。シンプルなものほど、コンピュータは強い。将棋や囲碁などのゲームも、AIが人間より強くなった。将棋や囲碁のプロは、仕事として（ゲームとして）シンプルだからである。シンプルだから先を読むことができる。自動車の運転はまだ人間の方が上だから、将棋よりは複雑な仕事といえるけれど、それでもじきに自動化されるだろう。簡単なものから順番に、人間の仕事ではなくなっていく。

もっとも、「ゲーム」と呼ばれるものは、そもそも単純で、その中では、将棋や囲碁は複雑な部類だった。一般のゲームにAIが登場しないのは、たちまち勝ってしまい、誰も感心しないからだ。スポーツでも同じで、ほとんどのスポーツにおいて、ロボットが登場すれば世界記録が出せる。野球くらいになるとやや複雑になるけれど、それでも、AIがコントロールすれば人間よりも完璧にプレイするだろう。そういうものを観ても面白くないから、AIプレイヤが登場しないだけのことなのだ。

制約が多いほどシンプルになる。あれも駄目、これも駄目、とほぼ八方塞《ふさ》がりになっているのがゲームである。したがって、この「現実」の中で、自分の邪魔をするものが多いと嘆くのは、シンプルさが嫌だ、ゲームは嫌いだ、という方向性であり、これが人間が持っている本能的な自由への渇望なのだろう。自分はなんでもできる、好きなことがしたい、という清々《すがすが》しさは、結局は「複雑さ」によって成り立っているのである。

35 「〆切」というものが、今の僕にはない。

先日、どこの出版社だったか、僕の著作から引用させてほしい、とメールを送ってきた。作家の〆切に対するスタンスについて書いた部分で、要約すると、「〆切を守れなかったことは一度もない、守るのがプロ作家として当然」という部分である。

仕事というのは、つまりは依頼され、それを請け負い、労力と賃金を交換する、という行為であって、その交換には契約（あるいは約束）がある。期限を守るのは仕事の基本であり、最低限のマナーだ。おそらく、誰も反対はしないだろう。

それなのに、〆切を守らない作家がいるのは、つまり契約でもないし、仕事でもない、というスタンスだと理解できる。芸術は仕事ではない、金のために書いているのではない、ということだろう。それも一理ある。金のためでなく書いているなら大したものである。〆切に遅れたら原稿料はいらない、と豪語する作家がいるなら教えてほしい。

森博嗣は、十年ほどまえに引退したらしく、その後は、仕事を極力減らしている。もともと〆切に追われるような活動はしていなかったのだが、さらに前倒しでノルマをこなすようになり、今では、本が出版されるほぼ一年まえには原稿を書き上げている。したがって、出版計画というのは二年後まで決まっているから、森博嗣に原稿を依頼しても、「本になるのは二年以上さきのことになりますが、それでもよろしいですか？」という返答をもらうはめになる。そんな辛抱強い編集者は少ないから（それに、だいたいそんなに長く同じ部署の編集者でいられないから）ご破算になる例が多数である。特に、取材や雑誌への寄稿になると、「来月号でお願いしたい」といった切羽詰まった依頼なので、時間の単位が違うのではないかと思うほど、世間とズレている僕なのだ。もしかしてワープ航行中だろうか？（出版社と森博嗣の感覚の相違を比喩《ひゆ》的に書いてみました）。つき合いのある出版社からは、半年以上まえにゲラが届く。それくらい余裕を見た進行になっている。たいていゲラと一緒に来る手紙には、「三カ月ほどを目処にご確認いただければ幸いです」と書かれている。これが「〆切」なのか。何日とは書かれていない。それに対して、僕は余裕を見てゲラを返すので、際限なく早くなっていき、どんなに落ち着いて進行させても、一カ月まえには見本ができてしまう。

新しくつき合う出版社の編集者は、この早さについてこられない。ほぼ例外なく「早めに出版しては駄目でしょうか？」と言ってくる。最初に決めたスケジュールを前倒しにしたがるのだ。もちろん、僕はすべて断る。予定どおり進行するのがよろしいと。

36

予定どおり粛々と進めることについて、もう少し語ろう。

作家としての仕事に限らない。僕の場合、遊びでもなんでも、だいたい予定どおりに進めることが多い。予定を立てないと腰を上げない人間だからだ。たとえば、奥様はそうではない。彼女の辞書に予定という言葉はない。思いつきで生きている人だ。僕の場合も、思いつくことはあるけれど、思いついてすぐに実行するとろくな結果にならない（ならなかった）ので、思いついたら、まず予定を変更することにしている。実施するまでに猶予《ゆうよ》を持たせているのだ。

最近は、とにかく庭園鉄道の建設および維持の作業がメインで、何カ月もまえから、いつ何をするのか予定を立てて、必要な準備をしている。自分一人の労働力が頼りなので、この予定が遂行できるように体調も整えておく。自分の体力に合わせて計画を立てる。無理をしないように、疲れないように、と精一杯余裕を持たせた進行になる。この点では、作家の仕事とまったく同様といえる。

頑張れば一日でできるような作業でも、最低五日はかける。分割して進めることにしている。基本的に慌て者なので、少しずつ慎重に進める方が安全だし、良いものができる。また、なによりも楽しい。面白い時間を引き延ばしているような感覚である。

さらに言えば、予定を立てた段階で、さまざまなことを想定し、それぞれについて対処を考えておける。また、少しずつ進めると、その途中で思いつくこと、気づくことが多々あるが、作業している間はむしろ没頭できる。つまり、手順や方法は、監督に任せて、労働者に徹することができるので、作業中は余計なことを考えない。この「没頭」が面白いのである。たとえば、土を右で掘って、左へ移動させるという作業であれば、数を数えながら行う。スコップで何杯か数えている。これがなかなか愉快だ。

毎日少しずつやることが、幾つも待っている。それらの現場を風来坊のように渡り歩いて、片づけていくのも面白い。そのうち、どれかが完了する。少しずつでも前進すれば、いずれは片づく。これもまた気持ち良いものだ。

明らかなことは、予定を立てる僕と、ただ黙々と作業をする僕がいる、という点である。このように分割しないと、どうも上手くいかない。考えながら作業をするから集中できない。しかし、俯瞰してみると、毎日に分割し、多くの作業に労力を分散させているのだから、けっして「集中」とはいえない。いわば、没頭するための分散なのである。

粛々とやりたいわけでもないが、一人だから、どうしても粛々とならざるをえない。

37

ぼんやりと知っていることの大切さを、少し見直しても良いと思う。

僕は、国語、社会、英語の科目が苦手で、偏差値で足を引っ張られた。どうしてかというと、精確に知っていることが要求されるからだ。漢字であれば、精確な文字が書けなければならないし、読み方も一字一句間違いなく再現できなければならない。英語であれば、スペルを覚えること、社会科でも多数の固有名詞や年号を知っていなければ点数にならない。この精確さが僕にはない。だいたい知っているだけでは点数はゼロになる。

ところが、ワープロというものが出現したので、漢字やスペルが精確でなくても、文章が書けるようになった。意味や読み方もすぐに調べられる。辞書を引く時間はとても短くなった。精確な知識がなくてもほとんどハンディがない。固有名詞も、いつでも検索できる。だいたい知っていれば良い。そんなものがあったな、こんな感じだったよな、とぼんやり覚えていれば、それで使える知識になる。国語が大の苦手で、文章をろくに読むこともできない僕が作家になれたのだから、少しは信じてもらえるだろう。

英語も苦手だったけれど、理系の研究者として、英語で論文を書くことになったし、沢山の文献を英語で読むのも日常だ。最近では、趣味で読む雑誌もほとんど英語である。英語が苦手だったけれど、コンプレクスはない。ただ単語の精確な知識がないだけで、それはコンピュータが補《おぎな》ってくれる。この頃、英文を自動翻訳してくれるが、僕はそれを使うことはない。知らない単語をちょっと確認するだけで、だいたい理解ができる。むしろ、ぼんやりとこんな意味だったなと思っているままの方が英語がわかる。一対一の精確な知識で単語の意味を置き換えていくと、かえってわけがわからなくなることが多い。

知っていることと、わかっていることは違う。学校のテストは、知っていることを問うけれど、わかっていることまでは問われない。たとえば、小説というものを知っている人でも、小説がわかっているわけではない（書いてみればわかる）。単語や固有名詞を知っていても、その文章や内容を理解できているかどうかは別問題だ。

小説を読んでいる人が小説を書けないように、また小説を読まない僕に小説が書けたように、知識ではできないことがあるし、知識がなくてもできることがある。これは、もう少し言葉を探すと、具体的な知識と抽象的な知見の差かもしれない。このように文章にしてしまうと、既に少しズレているように感じる。それくらいぼんやりと認識されているからだ。たとえば、夢で見たものはぼんやりとしている。どんな夢だったか思い出せるのに、言葉で説明すると消えてしまう。言葉にしない方が使える知見になるものがある。

38

「変化は悪だ」と感じるようになったら、老人である。

これは簡単な道理で、「成長」という変化が良いものであり、「老化」という変化が悪いものである、という観念から導かれるのだろう、と思う。

物事が始まって発展する過程においては、変化は善と捉えられる。昨日と今日の違いに明るい未来を見る。「改革」や「革命」もこのイメージである。実は、変化するときには、必ず破壊される部分があるのだが、新たに生まれてくるものに視線が向くから、問題にならない。それが若さというものだろう。

一方、成熟した段階では、築き上げたシステムの維持にエネルギィが注がれる。成長した結果、一定の高みに達したと自覚しているし、また、高くなるほど上を向くことのリスクが大きくなる。失うことが恐い。だから、現状を守ろうとする。たとえば、成熟した組織では、前任者から引き継がれたものを壊さないようにする。前例のないものを認めない。伝統のように既往の価値観の維持が重要になる。つまり、衰退を恐れる。死を恐れること、それが老いといえるだろう。

なんらかの成功をすれば、ある程度のシステムが確立し、次は、そのシステムを守ることが目的になるわけで、これは生物のサイクルそのものと捉えられる。あらゆる組織は、成熟したあとは変化を嫌う。新しいことは悪になる。口では、改革と言っていても、若い世代のためにと叫んでいても、既にあるものを壊すことは悪なのである。だいたい、そういった成熟した組織は、老人が支配している。老人は、自分たちが若者であったときに成功し、革新的な手法で組織を育て上げてきた。それでも、大きな組織であるほど、もう思い切った変革は実行できない。失うものの大きさがつい頭を過《よぎ》るし、大勢に影響を与えてしまうという不安から、できれば自分の代だけでも今のままで、と消極的になる。恙《つつが》ない運営に終始し、ゆっくりと死に向かうことを望むのである。

成功すると名声が得られる。この名声に恥じないようにと保守的になる。つまりは、成功したことの後遺症みたいなものだ。責任とかプレッシャなどともいわれている。

僕の観察では、五十代になると、この傾向が顕著になるようだ。人生において築き上げたものがあるためだろう。もちろん、「俺は老人だ、何が悪い」と言われるにちがいない。僕も、悪いと言っているのではない。「ああ、老人なのだな」と感じるだけである。

だからといって、無理な変化を求めると、「年寄りの冷や水」と揶揄される。そんな周囲からの圧力もあってままならない。老人も楽ではないのは確かである。

39 キャンペーン商品に踊らされる人がいるなんて信じられない僕だった。

今買うとこれがもらえます、という商売は昔も今もずっと変わりなく続いている。僕は、そういうもので買おうと思ったことが一度もない。どういう人があいうのに引っかかるのだろう、と不思議に思っていた。

ところが、気がつくと、森家には、ムーミンのコップとかチキンラーメンのタオルとか、そういったものが非常に多くある。これらは、奥様が買っているものだと僕は長年思っていた。ファンシィなものが好きなのだな、と。だが、この点について、娘に尋ねる機会があった。なんと、全部キャンペーンでもらったものだという。

それがわかって以来、気がつくと、日頃から奥様はシールなどを集めて、こまめにプレゼントをゲットしていることが観察される。こういった商法に踊らされる人が、こんな身近にいたとは、まさに青天の霹靂《へきれき》である。

無駄なことをしないで、欲しいものがあったら買えば良いではないか、と彼女にそれとなく（もう少し丁寧な言葉に変換して）指摘したところ、キャンペーン商品はほかではない特別なもので買うことができない、とおっしゃる。それはわかる。でも、同じようなものがあるのではないか。それに、キャンペーングッズであっても、オークションで出回っているだろう。ゲットするために無駄なものを買うことに比べたら、ずっと効率が良いはずだ。だが、今のところ、奥様はオークションを利用していない。

そうそう、今は近くにないからできないが、奥様はあるとき、ガシャポンを毎日されていた。あれは、出てくるものが期待どおりではない。そういったギャンブル性も含めて面白いのか、と尋ねると、そうでなく、単に欲しいものがこの中にあるのだ、とお答えになるではないか。オークションに出ているだろう、とまた同じことを指摘しておいたが、今のところ僕の指摘は無視されている様子であり、合点《がてん》がいかない。

不思議である。なんとか思いついた理由として、おそらく子供のときの期待というか願望が残留しているのだろう、と解釈している。大人になった今では（それに夫の稼ぎが良くなったから）、思う存分自分の好きなことに金を投じることができる。ささやかな幸せといえばそうかもしれない。もちろん、僕はまったく非難をしていない。注意もしていない。好きにすれば良いことだ。単に、不思議だなあ、と感慨深いだけである。

そういう僕も、昔グリコのプレゼント品だった、おしゃべり九官鳥やおつかいブル公などをオークションで手に入れた。十万円ほどした。人のことは言えないかも。

40

そこそこマイナが一番効率が良い。メジャになりすぎない立ち位置。

大勢に受け入れられる製品を作る、というのが商売の鉄則である。これまではそうだった。大評判になりベストセラになることを夢見て、商品開発をする。どうせ狙うならば大物を、といったところだろうか。たしかに、これが正攻法だ。

しかし、こういったメジャは、この頃では非常に見つけにくい。つまり、大勢が群れないようになった。流行しても限界がある。それに、メジャなものほど、競合する相手が多いから、当る確率が低くなるのだ。

だからといって、マイナなものを狙うと、当る確率は高くても、群れ自体が少数だから大きく儲けることは望めない。

こういった問題は、数学的に式化するとわかるが、中間に最適値が存在するだろう。つまり、メジャとマイナの中間に、そこそこ数が期待でき、確率がまあまあ高い、いわば狙い所がある。まず、そのことを認識する必要がある。

実際には、式化する時点で、仮定が混入し、精度は低くなるので、思いどおりにいかないだろう。さらに、そこを狙っているという観測自体が不確かだから、少なからず曖《あい》昧《まい》な目標にならざるをえない。実際には、何発か打ってみて、その反響を見て修正するしかない、という手法になる。

僕は、そうしている。作家として作品を世に送っているわけだが、常に、いろいろ目標を変えて試している。反響というのは、この場合は実売数の変化である。間違っても、個々の声（つまり評価）を気にしてはいけない。もっと大きなものを捉えること。

幸い、作家というのは、かなり短いインターバルで商品を送り出すことができる。いろいろ試すことが比較的容易だ。変化に富んだ商品展開をすることも作家本人に許されている（出版社からこういったものを書けという要求はない）。一人ですべてを行うことも、試行錯誤に適した環境といえる。

また、一つの商品が、その一つの価値で売れるわけではない。これも、作家というメーカの特性だろう。一つの商品が他の商品の売上げに影響する点は見逃せない。

いずれにしても、大きな方向性としては、メジャかマイナか、という軸が一本ある。これが第一の目安だと僕は考えている。次はもう少しメジャに振ってみるか、もうしばらくはマイナを続けた方が良いな、といった戦略が常にある。読み手には無関係だろうが、作家としては、馬鹿にならない重大なファクタなのである。

41

ガリレオは、いろいろ間違えていた。

ガリレオ・ガリレィは、日本ではガリレオとファーストネームで呼ばれる。だいたい著名人は姓で呼ばれているのに、イタリア人はそうではないらしい。これについては、ナポレオンについて一度書いたことがある。

さて、僕は授業で「固体の力学」を教えていたので、ガリレオが当時、曲げを受ける材料の断面の応力（内部に分布して働く力）を間違えて理解していたことを取り上げていた。棒を曲げて折ろうとすると、まず変形して曲がるわけだが、そのとき、カーブの内側では圧縮力、外側では引張力が作用する。その分布は、ほぼ線形であり、端ほど大きい。だから、内側表面近くから外側表面近くまで力が位置に比例して変化する。そして、断面の形によるが、中間点で応力がゼロになる。ここを中立軸という。

曲げる力が大きくなると、この分布のまま応力も増加して、カーブの外側の一番引張力が大きい箇所で亀裂《きれつ》が生じ、一瞬にしてひびが伸びるとともに、材料は折れる。

当時（十七世紀）は、まだ変形と応力が比例するというフックの法則が一般的ではなかったこともあり、ガリレオは、材料の断面全体に均等な引張力が働き、内側表面近くの一点に圧縮力が生じると考えた。これは、石でできた棒材を曲げたとき、ぽっきりと折れて全断面が離れてしまう実験からの発想だったのだろう。ひびが入るのは引っ張られているからで、全体が離れるのは断面全域に力が作用しているからだ、と考えたわけだ。一点に応力が働くという現象はありえない。面積があって初めて力を受け止めるのであるから、微積分が発明され、百年以上経ってから、ガリレオの間違いは正された。

つまり、木星の衛星や金星の満ち欠けを観察した世紀の天文学者であっても、自分の身近にある机に作用している力を精確に捉えることができなかったのである。こういった間違いは、当時はいたるところであった。ガリレオの業績に文句をつけることはできない。

「それでも地球は回っている」という台詞で有名な宗教裁判が、ガリレオを有名にした。しかし、地動説はガリレオが考えたものではない。彼は、潮の満干を地球の自転や公転によるものと考え、この自然現象こそが地動説を証明するものだと唱えて裁判になったわけだが、潮の満干は、月や太陽の引力によるものであり、その考え自体も間違っていた。なにしろ、引力なんてものが、まだ概念もなかったのだから、しかたがない。ダ・ヴィンチ、ガリレオ、ニュートン、アインシュタインが、僕が子供の頃のヒーロだった。今の子供たちは、どうなのだろうか。

42

嫌なもの、面白くないものからも、学ぶことは多い。

たとえば、ときどきつまらない本に当ることがあるが、それでも我慢して読んでいると、いろいろ考えさせられる。どうしてこの作者はこんなことを書いてしまったのだろう。何を勘違いしているのか。それとも、こういったものを読みたい人が多いということなのか。などと考えるだけで有益である。もしかしたら、好きなもの、面白いものに当ったときよりも、得られるものが多いかもしれない。

嫌いな人や、面白くない人というのは、避けたいものだが、そういう人を観察することもまた有益である。観察するのも嫌だと感じるかもしれないが、今はネットがあるから、近づかずに観察することができる。「馬鹿だなあ」と溜息が出ても、そこになんらかの因果関係なり傾向なりを見出すことができて、非常に良いデータが得られる。極端な点を観測することは、全体の座標の精度を上げる。似たようなものばかり観測していても、全体像が摑みにくく、客観的な把握ができない。是非、嫌なものも見てみよう。

しかし、なかには嫌なものを見て、反論するのが好きな人もいるから、この類の趣味だと勘違いされないよう、反論はしない方がよろしい。黙って観察し、逆方向へ活かすことが肝要というわけである。

自分自身の考えや行動でも、ときどき嫌になることがある。調子が悪いときは、何を考えても、なにをやってもマイナスで、それでますますブルーになるだろう。しかし、このときも、そういう自分をよく観察し、データを取っておくことがあとあと利益になる。悪い状態を知ることで、そうなるまえに対処できるようになる。駄目だ駄目だ、と落ち込むだけで終わるのはもったいない。活かすことができると前向きに考えれば、駄目さもいくらか緩和するだろう。失敗も笑って済ませられるようになる。

それ以前に大切なのは、今自分はどんな状態なのか、を知ることである。本を読むときに面白い、つまらないと意識するように、自分に対しても、今は面白い、今はつまらない、と自覚をする。そんなこと簡単だ、と言われるかもしれないが、たとえば、五段階で評価をするとか、それくらい冷静に自分のステータスを測ることで、一歩離れた観点に立つことができる。この距離感と、自由な視点、その運動性が重要なのである。

さらに、好きでも嫌いでもないもの、すなわちまったく無関係で、興味外のものからも、同様に重要なデータが得られる。「何なんだ、これは」というもの、わからないものも、ときどき観測した方が良い。離れた点としての重要性が認められるためである。

43 「挫折するまえに気づけよ、無理だということを」と思ってしまうが。

「挫折」という言葉は、僕的にはかなり強い表現である。人生のかなりの割合を投じても、目的が達成されなかった。単なる失敗ではなく、見込み違いでもなく、信じて突き進んだ先にあった登れない岩壁のようなイメージだ。そこには、自身の能力では届かない現実と、引き下がるしかない諦《あきら》めの心理がある。

ところが、案外軽い意味でこの言葉を使う人が多い。たとえば、「今日ちょっと書店で新刊を買おうかなと思いついて出かけていったのよ。それが、なんか発行日を間違えて覚えていたのか見つからなくって、挫折して帰ってきちゃった」みたいな乗りである。書店の中でへたり込んでがっかりしている漫画的情景を想像してしまうが、おそらくそこまでショックを受けたわけでもない。その程度で「挫折」なのか、と非常に気になる。

こういう人は、毎日何回も挫折しているのだろう。逆にいうと、これだけすぐに挫折できる人間は、本当の挫折が味わえるほど頑張れないから、ある意味、挫折知らずの人生になる可能性が高い。良いのか悪いのかわからなくなってしまう。

本来の意味に相応しい「挫折」であっても、傍《はた》から見ていると、あれは絶対無理だ、と明らかなものも少なくない。子供などが、将来はプロ野球選手を目指しているとか、歌って踊れるアイドルになりたいとダンスを習っているとか、そういうシーンに出会うと、「誰か早く教えてあげなさい」と思わずにはいられない。

つまり、挫折というのは、早く挫折するほど、挫折度が小さくなる。ゴムを両方から引っ張っているようなもので、早めに手を離せばさほど痛くない。我慢をして引っ張るから酷《ひど》いことになる。挫折のポテンシャル・エネルギィは時間や労力によって蓄積するわけだ。なるべくショックを受けないようにしたいのが人情ではないか。

とはいえ、やれるだけやってみた、という爽やかな挫折もある。駄目なことはその手前から薄々自覚していた。それでも、あまりに手前で諦めるのは、自分に負けたことになる、それが嫌だ、といった青春真っただ中の主張である。こういうのは正論というよりも青論と呼べるだろう。「セイロン、それは君が見たインド」と歌ってしまう（土下座）。

力学には、座屈《ざくつ》という現象がある。細長い真っ直ぐの棒を両側から押すと、しばらく持ち堪《こた》えるものの、突然撓《たわ》んでしまう。直前までは支持していたのに、急にぐにゃっとなるのである。その棒の中央を軽く支持するだけで座屈を防げる。なんとなく、人間が挫折するときに似ている。ほんのちょっとの支えで格段に強くなれるのもまた人間である。

44

「たかが形だけのこと」と思ってしまうものが多いのだが。

たとえば、チョコレートなどで顕著だ。熊の形をしていたり、とにかくチョコレートらしからぬ形のものが送られてくる（ありがとうございます、美味しくいただいております）。こういうのを見て、「可愛い！」と叫ぶのが日本の女子である。昔は大和撫子《やまとなでしこ》といったが、久しく聞かなくなった。サッカーをする女子に使われているようだが、そんなお転婆《てんば》でも撫子なのか、と不思議に思って調べてみたところ、淑やかな意味はなく、ただ「なでなでしたくなる」の意味らしいので、「可愛い！」女子のことなのである。

話がズレてしまったが、チョコレートは食べればチョコレートの味であり、形の影響はほとんどない。含有されているもの、レーズンとか胡桃《くるみ》とかの影響は顕著だが、熊の形をしていても熊を連想させる味とはいえない。だったら、この形にするだけ無駄ではないか、と思ってしまう。その手間賃も価格に上乗せされていて、「可愛い！」と言うだけで消費されているのである。ここまで真剣に書いたのではないことを付記しておく。

おおよそ、食べるものに関して、僕は形には無頓着である。口の中に入れてこその価値だと認識しているからだ。ところが、たとえば、電化製品とか、パソコンとか、あるいは自動車などになると、そうも言っていられない。形が良いものが欲しくなる。「可愛い！」と言うわけではないけれど、不思議なことに形を眺めて良い気分になれるものを選ぶし、そのために価格が少々高くてもなんとも思わない。

食べるものは、その場で消費され、なくなってしまうものだ。いわば破壊されるために存在しているのだから、という理由はあるだろう。それに比べると、カメラとか、自動車などは、ファッションに近い。自分を飾るアイテムという認識が少なからずある。ようするに、自分の形に付加されるもの、と捉えることができる。

人間も形がかなり重要だろう。誰もが、自分の形を気にしている。少しでも良い形になろうとしている。そのために食べるのも我慢し、ときには大金も惜しまない。僕の奥様は、ジムに通い汗を流されているのだが、形がどう変わったか僕にはわからない。その程度の微々たる差であっても、人は形に拘るということ。アイドルやスターなどは、ようするに形の良い人であって、それ以外のものは二の次になっている（ように僕には見える）。「たかが形だけのこと」とはとても言えない現実がここにある。

人間が蛸《たこ》のように軟体だったら、力の入れ具合で形を自由にできて、その場合は、その人の美意識というか思想が形に表れて素晴らしい世界になったのではないだろうか。

45 人は、損得を考えずに本気になることはないように観察される。

好き嫌いによる行動よりも、損得による行動の方が一般的に本気度が高い、という意味である。平均的なことなので、もちろん例外はある。たとえば、大事な息子を事故で失った両親が、再発防止の運動に専念するといった話は耳にする。そういう例が珍しいからニュースになる。メジャではなくマイナといえる。また、息子を失ったという損は、計り知れないものであるから、それを取り返したいという欲求と捉えることも可能だろう。感情的な行動も、その個人の中では、損得に換算されていて、「こんな辛い思いをさせられたのだから借りは返してもらう」という復讐劇もあるはずで、簡単に分離できるものではない。ただ、そういった損得と捉えることが既に本気なのは確かだろう。

損得というのは、普通の人はけっこう気にするものである。得をしたい、と開けっぴろげに言う人は少ないものの、損をしたくない、自分だけ損をしている状況は許せない、と考える人は多く、ほとんどそうではないか、と観察できる。人の生き方の基本方針になっているといっても過言ではないほどだ。

得をしたい、というのは子供のうちに窘《たしな》められる。「自分だけ良い思いをしようと考えるのは間違っている」と教えられる。動物の本能であるが、これを否定し、自重することで人間らしさを得る。「奉仕」といった活動が、好例といえる。

得をしたい、が駄目ならば、損をしたくない、となる。こちらは、「浅はか」と後ろ指を差される心配がないらしく、おおっぴらに主張できるようだ。この「損をしたくない」精神が、大勢が群れを成す動機の一つとなる。つまり、みんなと一緒でいれば、「自分だけ」損をすることがないはず、という安心感を生むのである。「みんなでやれば恐くない」という心理にもなる。大勢であれば、一人のときよりも大胆にチャレンジができるのも、この「自分だけが損をするのを避けられる」効果によるものであろう。

僕は、自分だけ得をする、が浅ましいというならば、自分だけ損をしたくない、も同じくらい浅ましいと感じるのだが、いかがだろうか。どんなものも、各自の選択によって、得することもあれば、損をすることもある。自分の行動がもたらす結果を自分で受けるというのは当たり前の話だ。いけないと言っているのではない。それなら、自分一人だけ得をしようとする行為を非難しない方が良い、という意味である。

大きな得は、事前の小さな損から生まれるものだ。その場その場の損得ではなく、トータルの収支を見越して生きることが、人間だけにできる、人間らしい生き方だろう。

46

「新書」という不思議な出版物があって、僕は最近よくこれを出す。

「古書」の反対で「新書」と認識している人がいる。そうではなく、文庫よりも少し大きい判型の本で、カバーにイラストや写真がない、タイトルだけの本のことである（オビにカラー写真が使われているからわかりにくいが）。

僕は小説をノベルス判で出していて、これも新書判の内である。比べてみるとだいたいサイズや形が同じだ。しかし、「ノベルス判」と呼ばれていて、「新書判」では誤解されることが多い。こういう不合理なことを続けているから、出版界は衰退するのだ。

新書というのは、ノンフィクションものだ。エッセイよりも多少学術的な方向へ寄っているけれど、明確な差はない。あらゆるジャンルの本がある。しかし、最近では「ビジネス書」と呼ばれることがあるくらい、仕事術、処世術を説くものが人気らしい。

僕も、この頃、ときどき新書で本を上梓している。これまでに十三冊の新書を出した。いつの間にかそんな数になってしまった。どうしてこんな本を出しているのかというと、理由は簡単だ。執筆依頼が来るからである。

かつては、さほど依頼がなかった。森博嗣に依頼するなら断然小説だったのだ。エッセィを依頼されることも非常に稀で、とにかく小説を、ミステリィをお願いします、と来る。この理由は、当然ながら、それが売れると見込んでいるからである。

出版社は、これから何が売れるかではなく、今まで何が売れたかで動いているから、結果としてこうなる。滅多に新しいことを提案してこない。提案してくる場合は、「これならば目新しくて目に留まるかもしれない」といった下心のものと推察される。

新書がまあまあ売れるようになった。というよりも、小説が頭打ちだからだ。一番売れている新書は、仕事論みたいな（実はその反対の）内容の本で、六万部を突破した。小説でも、五万部を超えれば大成功の部類だから、そのあと各社から新書の依頼が殺到した。現在、五作の予定を抱えていて、二年後まで出版予定が決まっているほど、行列を成している。ありがたい話であるが、僕のような世間知らずが、世間に何を訴えるのだろうか、と不思議に思う。あまり深くは考えていないし、特に訴えたいことはない。

新書が増えたためか、試験問題や問題集、あるいは教科書への引用が爆発的に増えてしまい、最初は利用申請に自分で対処していたが、今では業務委託をするに至っている。であるから、森博嗣はもう「小説家」ではない、といえる。「作家」というのだろうか。「文筆家」の方が適していると思うが、あまり使われないみたいだ。

47
水晶玉が登場すると、それだけでファンタジィになるのか。

水晶玉は、水晶を球形に加工したものだ。水晶には天然のものと人工のものがあって、どちらもさほど貴重なものではない。石英なので硬いから、丸く加工するのは大変だろう。したがって、その加工賃が高いのかもしれない。

ガラスもいってみれば、ほぼ同じである。昔は、透明なものに神秘的な力が宿ると考えたのかもしれない。ガラスは大昔からあって、今でも代替の材料は少ない。プラスティックで透明なものを作れるが、ガラスほど硬くはできない。ガラスは、鉄よりも硬くて、ナイフで傷をつけることができない。だからいつまでも綺麗な透明なのである。ポリカーボやアクリルの透明板が経年劣化することに比べて、ガラスの材料としての優秀さがここにある。ただ、変形しにくいため脆《もろ》い（割れやすい）。だから、プラスティックの両側をガラスでサンドイッチにして、割れないハイブリッド透明材料を作ったりする。

水晶玉も、傷がつきにくいはずだ。ただ、落としたりすると割れるかもしれない。手品師が、水晶玉を宙に浮かせて見せるとき、落としたら大変だな、と見ている人は多いだろう。あれは、たぶんプラスティックで軽くできている（しかも動かすための棒が付いているはずだ）。だから、落とそうにも落とせないのである。

　僕が子供の頃には、ビー玉というものをみんなが持っていた。ラムネというジュースの瓶の中にも入っている。研究で、複数の球体が液体の中で運動する様子を、コンピュータでシミュレーションするプログラムを作ったとき、この解析結果が妥当かどうかを確かめるために、研究費でビー玉を大量に購入したことがあったのだが、買ってみると、大きさが不揃いだし、形も精確な球ではなかった。それらを一つずつノギスで測って、まあまあ使えるものを選別したところ、三十個に一個くらいしか合格しなかった。おそらく、水晶玉も、完全な球ではないものが多いことだろう。

　物語に水晶玉が登場するだけで、ミステリィファンは「きっと太陽の熱を集めて火をつけるトリックだよ」と言いたくなってしまう。実際に、丸い金魚鉢で火事になった事故もあるから、珍しくリアルなトリックといえる（大多数のトリックは現実的とはいえない）。水晶玉の中に表れる像というのも、今では簡単に実現できる技術だろう。

　水晶もガラスもそしてアルミもだいたい比重が同じくらい（2.5～2.8）で、これは、鉄（7.85）の三分の一の軽さである。しかし、コンクリート（2.3）よりは重い。ガラスは、多くの人が想像しているよりも重い材料である。

48

オリジナル栞を入れた理由は、古本売買への対策。

デビューした頃にも、既に電子書籍が将来は一般的な出版の形態になるだろうとの予測は容易だった。はるかに合理的だからである。事務に使われる書類も、デジタル化され、ペーパレスになるはずだ、と言われていた。しかし、その後もプリンタはどんどん売り出されるし、コピィ機も健在である。人間というのは、急カーブを高速で曲がれない。重心が高いということだろうか。

電子書籍以前に問題になっていたのは、古書（新古書）販売である。そもそも書籍は定価で売られている。これには、もちろん経緯があり、理由もある。取次を介して書店に配本され、また売れなかったら返本されて、出版社が引き取る日本独自のシステムも確立されていた。

そんななか、古本というのは、小売店が扱うもので、マニアックな範疇《はんちゅう》で非常に限られたものと捉えられていた。だが、大型量販店が全国展開するに至って問題になり始めていたのが、もう二十年以上まえの話である。

僕はその頃（一九九六年）にデビューした。この業界でビジネスを展開していくことになり、図書館や新古書が売上げのマイナスになる問題について、方々から声が聞こえてきた。なにしろ、小説というのはメジャに見えても、実は超マイナな商品である。数が少ないのに、貸し出されたり、古本を売られたりするのはダメージが大きい。そうなってしまうのは、中身を消費してもメディアに損傷がないため、つまり読んでも減らないからである。

なにかできることはないかと考えた一つの対策が、オリジナルの栞を挟むことだった。自分で絵や文字を書いて、森博嗣の文庫だけに挟まれている栞を作品ごとに入れてもらうことにしたのである。幸い、出版社にはこれをルーチンワークで可能にする仕組みがあった。だから、経費も特別にかからない。僕がその絵を書く労力だけの問題である。しかし、最初に本を買った人が栞を自分のものにしたり、あるいはなくしたりすれば、古本にはそれがなくなり、一定数の読者にはマイナスの価値になる。

結局、印刷書籍という物体は、そういったアイテム化する以外に価値が見出せなくなる、というのが将来的な方向性だろう、と考えたからである。のちに電子書籍が台頭して、オリジナル栞欲しさに印刷書籍を（も）購入するファンがいることもわかった。

本を書店で買ってほしい、と気持ちを訴える人がいるが、自分にできる工夫をまずすべきではないか。限られた制約の中で頭を使うことは無駄ではない、と僕は考えている。

49

宣伝がニュースを支配し、報道が信じられない時代になった。

トランプとクリントンの選挙報道では、マスコミが自分たちの気持ちを入れ込んだため、事実を見誤った。最近、こういった例が数多い。

マスコミが自分たちの主義主張を報道に込めている、というのはもしかしたら言いすぎかもしれない。おそらく、かってはもう少しオブラートに包まれていた方向性だった。しかし、たとえば新聞であれば、読者は自分の意見に近いことを書いてくれるものを選ぶだろうから、記事を書く側も、読み手の期待に応えなければならない、との使命感を持つのも人情である。そう、人情だ。気持ちはわかる。しかし、それはあるべき正義ではない。報道の正義は、読者の期待に応えることではなく、真実を伝えることだ。

読者は第一のスポンサだが、それ以外にも広告を掲載してくれるスポンサがいる。報道活動には、こうした支援というか、資金が必要であることは否定できない。したがって、スポンサの不利益になることは報道できない、という理屈は通る。背に腹はかえられない、しかたがない。しかし、これも正義ではない。妥協の選択にすぎない。報道できないならば、報道しなければ良い。歪曲《わいきょく》して報道するよりはましだ。そのために、複数のマスコミが存在している。お互いに補うことができるだろう。

また、自分たちを非難するような意見も、報道することはない。これも事実だ。まえにも書いたが、中日新聞から、新聞に対する意見を書いてくれと依頼されたので、僕は正直に思っていること、実行していることを書き、「子供には新聞を読ませないようにしている」などとも書いた。この原稿はボツになり掲載されなかった。

最近では、TVもネットも、無料の情報にはほぼ宣伝が紛《まぎ》れ込んでいる。世間で話題になっている、こんなものが注目されている、というニュースは全部宣伝だ。話題にしてほしい、注目してほしいから報道しているのである。大衆も馬鹿ではないから、現実と報道の差を意識し始め、すべての報道に対して半信半疑で受け止めている。それで良いのかもしれないが、では、真実の報道は現代にはありえないのか、という話になる。

それは、無料の情報ではありえない、というのが答だろう。報道の正義は、結局は金を出さなければ享受できない。無料で世界中の情報が得られるインターネットのおかげで、有料だった通信が無料でできるようになり、逆に、正しさが有料になった。

権力によって報道が抑制されることに対して、報道の自由を訴える声があるが、経済によって報道が抑制されていることに、不自由を感じないとしたら、かなり鈍感である。

50 情報は死んでいる。

これは、養老孟司《ようろうたけし》氏が書かれている。情報の価値は新鮮さにあるわけだが、いくら新鮮だからといって生きているのではない。情報として伝えられるものは、既に変化しない。データとして変動しないものになっている。これが「死んでいる」の意味だ。だいたい、「新鮮」という表現自体が、生きているものにはほとんど使われない。新鮮な野菜というのは、庭に植えて栽培するためのものではない。新鮮な魚も、水槽に入れて飼うためのものではない。意地悪な言い方をすれば、「死んでまだ間もない」という意味なのだ。

たとえば、友達が生きていれば、会うたびに変化があるだろう。家族も生きていれば、ずっと同じままではない。これが、少し離れた関係の人、たとえば、日頃気になっているアイドルや作家になると、直接のつき合いがあるわけではないので、情報を得て、そこからその人物の状態を知ることになる。そのとき、その人物が生きていても、伝わってくる情報は死んでいるから、現在の状態と一致している保証はない。極端な話、その人物が生きているのかどうかさえわからない。

森博嗣の情報は、ネットでいろいろ流れているから、それで森博嗣を知ることはできると思いがちだが、死んだ情報を真に受けていると、生きている人間を見誤ることになる。森博嗣がまだ大学の教官だと書いている人もいるし、一日に一食しか食べないと信じている人も多い。引退したと思って、離れていった読者もいることだろう。

これが年齢だと、その変化を誰でも計算できるから、情報がいつのものかがわかれば、現在は何歳だと類推できる。大事なことは、情報が発表された（死んだ）のはいつか、という情報である。それから、その情報が示しているものが、変化しやすいもの、刻々と変わるものか、それとも、滅多に変わらないものなのか、という見極めである。つまり、情報は死んでいても、そこから生きている現実を再生するような操作（計算）をして、初めて情報が活きてくる、ということである。

ネットで検索をすると、簡単に沢山の情報に巡り合える。そこには、新しい情報もあれば古い情報もある、どちらも死んでいるのだから情報自体は変化しない。しかし、情報から類推する現実は、まだ生きているものであることが多い。したがって、自分が見ている情報を鵜呑《うの》みにせず、時間的な変化を想像して展開する必要がある。

その注意を怠《おこた》っている人が実に多いことが、ネットからわかる。まるで一週間前の天気図を見て、明日のことを考えているような危うさといえるだろう。

51

忘れることが難しいもの、それは「自分」である。

忘れることは、一般に良いことではない。忘れないように、とメモを取る人がいるけれど、どちらかというと、それは「忘れても良いように」している行為だ。また、嫌なことはできれば忘れたい、と思う。しかし、そういうものほど頭から離れない。頭から離れた場合どこへ行くのか、と不思議に思わないだろうか。そんなことをのんきにつらつらと考えていると、大事なことを忘れてしまう。

自分を忘れるというのは、良いことか、それとも悪いことか。「我を忘れて」といったとき、たいていは熱中している様を表現していて、あまりの楽しさに、なにもかも忘れて没頭してしまった、という感じらしいが、よく考えてみると、我を忘れるわけがないだろう、と首を捻《ひね》りたくなる。我を忘れた場合、自分は何になるのか、ほかの人間になったり、ほかの動物になったりするのか。自分の存在を忘れることは、考えられない。熱中してしまい「自分が今しなければならないこと」を忘れたくらいの意味か。またあるときは、「自分を見失った」というようにネガティブな意味でも使われる。

これは、本来自分はこうするべきだったというものを忘れていた場合に使われる。忘れるというのは、一時的に頭（意識）から離れるということだから、思い出したときには、「自分を取り戻した」などと言ったりする。いったい、その間、自分はどこへ行っていたのだろうか。誰から取り戻したというのか。

これらに比べると、「寝食を忘れて」というのは多少穏やかであり、それくらいはあるよね、と誰でも思うだろう。しかし、ようは忘れていた期間の問題である。一分間とか一時間くらいだったら、寝食を忘れている人の方が一般的だろう。一週間忘れていたら、なにか宗教的な印象を抱いてしまうか、身体的な障害を想像するしかない。だから、表現としての重みが捉えづらい物言いである。理系としては、忘れていた時間を是非明記していただきたい、と提案しておく。

良い意味で我を忘れるのは楽しく、悪い意味で自分を見失うのはたいてい失敗したときだ。楽しくて大はしゃぎしてしまい大失敗をする結果になるときは両方味わえる。確かなことは、意図して忘れることがなかなかできない点である。さあ、今から我を忘れますよ、というわけにいかない。これは忘れるという動作が、そもそも自由に実行できないからだ。あくまでも、忘れている状態になって気づくものだということ。

ところで、自分探しをするときには、まず自分を見失わないと探せないだろう。

52 二刀流は一刀流よりも有利なのか?

僕は中学のときに剣道部だった。柔道で何年も日本一だった男子校だが、剣道はさほど強くない。ただ、七段とか六段という先生が何人もいて、例外なく老年だった。数学の先生が七段で、六十歳くらい。この先生は二刀流で、たまに道場へ来て、中学生の稽古を見てくれるのだが、相手をしてもらっても二刀流だからハンディがありすぎる、とみんながぼやいていた。こちらも二本持たせてほしい、という意見で、もっともだと思われた。だが、はたして二刀流は有利なのだろうか。

剣道の試合を見ていても、二刀流は少ない。それに、実在の剣士にしても、宮本武蔵くらいだ。その宮本武蔵も、佐々木小次郎と戦った大一番では舟のオールを削って武器にした。ここぞというときには一刀流だったのだ(これはフィクションだと思うけれど)。

腕が二本あるのだから二刀を使うのは自然である。たとえば、二丁拳銃なども同様だろう。だが、左右に刷毛《はけ》を持ってペンキを塗る職人はいないし、ほかのスポーツでも、ラケットを両手に持つような光景は見たことがない(ルールで禁止されているのかな?)。

普通、利き腕というものがあるし、あと人間の目が認識できるのは常に一箇所である。二つの目で、それぞれ別のものを見ることはできない。意識も一つで、左右の腕をまったく独立して動かすことは難しい。司令塔ともいえる頭が一つだからだ。関係ないかもしれないが、飛行機のプロペラは、二枚羽根以外に、三枚、四枚と多数のものがある。髭剃《ひげそ》りも二枚刃や三枚刃があって、いかにも効率が良さそうである。ところが、プロペラは、実は効率の観点からは羽根が少ない方が良い。二枚より少なくできないと思われるかもしれないが、一枚羽根のプロペラが存在する（片方だけだとバランスが取れないから、反対側にカウンタウェイトを付ける）。スピード競技など究極のパワーを追求するとこうなるらしい。

おそらく、長い年月をかけて刀は一本がベストだとわかったのではないだろうか。あと少し思うのは、そもそも日本刀は屋内で用いる武器で、狭いところで振り回すサイズになっている。その場合、片方の手は、戸を開けたり、なにかを掴んだり、別の目的のために使えた方が有利だったのかもしれない。屋外で戦うなら、槍《やり》や長刀《なぎなた》が有利になり、さらには鎖鎌《くさりがま》とか弓矢などの飛び道具が用いられる。刀はそもそも接近戦で、少人数を相手にする武器だといえる。宮本武蔵が、いざというときに長いオールを持ち出したのは、その柔軟な作戦にこそ、真の強さを見るべきなのだろう、たぶん……。

53

草刈りをしていて考えること。

これを書いているのは五月末である。ようやく樹の葉が出揃い、庭園内は緑に包まれた。今一番の仕事は草刈りである。前項で一枚羽根のプロペラの話を書いたが、僕が使っているボッシュの草刈り機は一枚刃だ。プラスティックの刃（長さは十センチもない）が円盤の端に取り付けられ、この円盤が回転する。一回転に一回草をカットする。

この刃が石などに当るから、だんだん短くなる。つまり消耗する。十分間くらいで使えなくなるから、新しい刃に交換する。ワンタッチで交換できるので、手間はかからないが、もう少し長持ちしてくれたらな、というのが率直な気持ちである。

草を刈る理由は、雑草が長くならないように排除し、見た目を綺麗にしているわけだが、これは「秩序」が美しく見える人間の感性に従っている行為といえる。草にしてみれば、自分たちの生をまっとうしたいわけで、それを根こそぎカットするのだから残酷な行為である。草だけではない。虫だって伸びた草が食べたかったかもしれない。草刈りの刃で知らず知らず虫を殺している可能性もある。あまり想像したくない。

自分の庭をいつもこうして綺麗にしていると、近所を散歩して見る自然の土地も、「綺麗にしてやりたいな」と思ったりする。伸びた雑草を見ると、これを抜きたいな、という衝動に襲われる。そういえば、子供のときに、よく母親から、伸びた髪を切りたいと言われたものだが、あれと同じ気持ちだろうか。

草刈りというのは、カットした草の破片はそのまま放置だ。集めてゴミに出したり、燃やしたりはしない。特に気にならない。ほどなく消えていく。乾燥して小さくなり、目立たなくなる、ということである。

芝刈りの目的が、芝を短くする以外に、芝の密度を増すことにある、という話をこのまえ書いたが、おそらく雑草も刈られるほど本数を増すのではないか、と想像する。実際に測定したことはないが、なんとなくそんなふうに感じている。お百姓さんの仕事を見ていると、伸ばすだけ伸ばして一気に刈るが、僕のやり方は、芝刈りのように頻繁に少しずつ、上の方だけ切り揃えるというものだ。雑草が憎いのではなく、地面が綺麗に緑で覆われてほしい、むしろ雑草に増えてもらいたい、という気持ちがある。

雑草という名の草はない、と昭和天皇がおっしゃったらしいが、僕は植物の名前を知らないので、ほとんどのものが雑草に属する。むしろ、雑草を差別せず、限りなく「草」そのものに近い意味で使っている。「天然草」と書けば良かっただろうか。

54

最近聞かなくなった言葉といえば、超伝導かな。

超伝導（超電導とも書く）が騒がれた時期があった。非常に低い温度で実現する現象だが、三十年ほどまえに、液体窒素《ちっそ》の温度（約マイナス二百度）で超伝導（これでも高温超伝導と呼ばれる）を呈するセラミクスが発見され、研究が進めば、いずれは常温でも実現できるなどと夢見たのだ。さて、今はどうなっているのだろうか？

超伝導とセットになって語られたのは、浮上式のリニアモータカーである。こちらは、常温超伝導の実現を待たずに、あっという間に現実になり、既に着工されている。開通したら何と呼ぶのだろう。「超新幹線」だろうか（冗談で書いてみました）。「リニア」と人々は呼んでいる。ニュースでもそう略されているが、これは、「パーマ」の再来ともいえる誤表現で、将来に禍根《かこん》を残すのではないかと心配だ。東京から、真っ直ぐにトンネルを通している、と子供たちが誤解しないだろうか。

大人の大半も、「リニア」とは磁力で浮いている車両のことだと認識している。これは大間違いで、リニアと浮上式は、両方とも磁力を利用しているが、別のものである。

現に、浮上しないリニアモータカーは既に方々で走っていて、東京の地下鉄大江戸《おおえど》線などもリニアモータカーだ。あれを「リニア」と呼ばないで何を「リニア」と呼ぶのかというほど、正真正銘のリニアモータカーである。

線路が真っ直ぐなのではなく、モータが真っ直ぐ（モータの中で回転するのではなく、線路と電車の関係が直線）だから、リニアモータなのである。パーマネントウェーブをパーマと略したから、意味がわからなくなったのと同じ過《あやま》ちを繰り返そうとしているのだ。むしろ、浮上式に着目して、「浮上新幹線」とした方が実物をよく表現しているといえる。「浮上」では潜水艦みたいだというなら、「浮遊」でも良い。こうなると、ふらふらして頼りない感じがするだろうか。ちなみに、僕のＨＰは、「浮遊工作室 Floating Factory」である。

まずは東京から名古屋までを開通させるようだが、現在でも一時間半しかかからないから、最新の高速鉄道に対して失礼なくらい路線が短い。力が発揮できないのは残念だが、それでも、とりあえず実現してみようという意気込みは素晴らしい。こういった鉄道が、海の下か海の中を走る未来が想像される。旅客機はいずれなくなるのではないか。

リニアモータカーも未来の乗り物だが、それよりも自動車の自動運転の方がさきになりそうで、ＳＦよりも凄い。スター・トレックだって操縦士が乗っているのに。

55

僕が子供の頃には、ラジコンとリモコンは区別されていた。

ラジコンは既に存在していたが、高嶺《たかね》の花であり、子供のおもちゃではなかった。小学生のときに、光に反応して走ったり止まったりするバスのおもちゃが売り出され、操縦者は団扇《うちわ》みたいなものを持って、バスに太陽光が当らないように蔭を作ることでコントロールする代物だった。それでも、ハイテクだと目を輝かせる子供ばかりだった。

自分でも工作を始めていて、モータで動くものを作った。電池は重いから、本体に載せず、自分の手で持ち、本体との間を電線で結んで動かす。スイッチも手許にあるので、これがリモコン（リモートコントロール）、すなわち遠隔操作である。

当時、鉄人28号という漫画が人気で、これもリモコンで操縦するロボットだ。もちろん、電線でつながっているわけではない。電波で遠隔操作をしている。のちに、これをラジコン（ラジオコントロール）と呼ぶようになった。「ラジオ」とは「無線」の意味である。日本では、ラジオは電波を受信する装置を示すのだが、これはラジオ・レシーバ（無線受信機）の前半で略しているわけで、「パーマ」と同じミスだ。

その後、子供たちの間では、電線がつながっているものをリモコンといい、電線がないものをラジコンと呼ぶように区別された。テレビのリモコンも、最初は電線でつながっていたから、その呼び名に相応しかった。それがいつの間にか、電線がなくなった。電線がないのだから「無線」である。しかし、電波ではない。あれは赤外線、つまり光を使っている。赤外線は人間の目には見えないから、光っていることはわからない。また、光も電波（電磁波）の一種なので、ラジコンにはちがいない。電波でないものとしては、音波でコントロールする無線装置もある。

リモコンに電源があるものとしては、鉄道模型がそうだ。線路が電線の代わりになっている。車両の動きを手許でコントロールできるが、何故かリモコンとは呼ばれない。コントロールできるのが前後進の速度だけだからだろうか。

ラジコンが一般的になったのは、タミヤからポルシェのプラモデルが出てからのことで、それ以前はセットで何万円もした。当時の一万円は、今の五万円くらいの価値があっただろう。子供のお小遣いで買える代物ではない。それでも、大人も欲しくなったからか、爆発的に普及し、いたるところで走っているのを見かけたものである。僕は、大学生のときに家庭教師のバイトをして、やっとこれが買えた。四十年まえのことだ。以来ずっと、ラジコンとリモコンの区別は曖昧のままのようである。

56

模型から僕が学んだことはとても多い。

子供の頃から模型が好きだったが、まず、模型の定義が少し普通と違う。僕の場合、実物そっくりに作られたスケールモデルではない。どちらかというと、おもちゃっぽいものが好みだ。それでも、「模型」と言っているのは、実物の機構をミニチュアにしていると考えているからである。

したがって、機構が縮小できるものに限られる。たとえば、人間の模型は作れない。ハイテク機器の模型も無理だ。作れるのはローテクに限られる。鉄道、自動車、飛行機、どれもちょっと古いタイプのメカニズムであれば、それを模倣することができる。

飛行機であれば、プロペラをエンジンで回すタイプになる。そのメカニズムは前時代のものだが、機体の姿勢を制御する舵《かじ》のメカニズムは、ほぼそのまま模型に採用されている。『スカイ・クロラ』という作品を書くことができたのは、模型飛行機から得た知識があったからだ。実物の情報を調べたり、取材したことは一度もない。

今は、庭にミニチュア鉄道を建設し、毎日乗り回しているのだが、これで最も勉強になったのは、土木技術である。線路を自然の土地に通すためには、どんな工事が必要か、どんな手順でそれを実現するのか、というのは、実物の土木工事と同じで、まさに土木模型の世界なのだ。僕は建築学科を卒業したが、研究では材料分野が専門だった。土木と建築は材料面では共通するものが多く、珍しく趣味で活かせる面白さがある。

模型というのは、ミニチュアではあるけれど、自分一人ですべてを経験できる利点がある。実物の世界ではこうはいかない。建築も土木も、あるいは自動車も飛行機も、専門分野は細かく分かれているし、開発や生産も分業化されているから、広く全体を体験できない。模型は、ほどほどに緩《ゆる》くトータルを手にすることができるのだ。したがって、小説などに応用するには、むしろ専門の職業よりも適しているといえる。

そういった知識面以外にも、模型から多くのことを学んでいる。それは、ものを作るときの手順であったり、計画あるいは設計といったものである。子供のときは思いもしなかったが、大人になると自分でも驚くようなものが作れるようになる。資金力や経験値がアップしたためでもある。模型はミニチュアゆえに、いろいろなチャレンジもできる。

こういった計画、設計において最も重要なことは、自分の能力や傾向を把握していることだ。そしてそれには、実際に作ってみることが不可欠なのだが、監督、設計者、労働者を一人でこなすことができ、短期間で結果が得られるのも、模型の利点だと思う。

57 「メッカ」ではなく、「聖地」というようになったのは何故？

「メッカ」というのは、サウジアラビアの地名であるが、一般名詞で使う場合、「発祥の地」や「中心地」という意味になる。僕の感覚では、発祥の地よりは中心地の方が多く使われていて、「○○のメッカ」というと、○○が最も盛んな地域、と認識される。だから、「餃子《ギョーザ》のメッカ」なら、餃子の生産が一番だとか、餃子を一番食べるとか、餃子の店が最多、といった意味になる。

この言葉が使われていたときには、「聖地」とは言わなかった。聞いたことがない。しかし、「メッカ」を辞書で引くと、「あこがれの土地」という意味も載っているので、その意味では、最近よく耳にする「聖地」に近い意味が既にあったということである。映画やアニメに由来する土地に対して、「聖地」を使うようになったのは最近のことだと、少なくとも僕は感じていて、これが、「メッカ」とどう違うのかはっきりとしない。映画に登場する場所も「聖地」と呼ばれている。これは、その場所で撮影されたのだから、「発祥の地」の解釈ともいえる。また、映画を制作した監督が育った土地も

「聖地」になっているようなので、これは映画を作った監督を作った土地という意味だから、やはり「発祥の地」とぎりぎりいえる。

逆に、「中心地」とか「盛んな土地」という意味では、「聖地」は使われていないように観察される。映画やアニメの中心地とか盛んな土地なんて、どこなのかわからないし、このネット時代に、一箇所に集中しているはずもないから、その意味自体が薄れている時代といえるかもしれない。

おそらくファンは、そんな意味の厳格さなどどうでも良いだろう。昔はなかったこととして、「自撮り」が今はある。「自撮り」という行為も言葉もつい最近までなかった。聖地でみんながするのはこれだ。聖地は、自撮りをする場所なのだ。僕が連想するのは、観光地にある顔を入れる穴があいた絵（看板？）である。その地に相応しい人物になれるような絵になっている、いわばインスタントコスプレ。あれがあると、絶対に顔を入れる奴がいたが、今の聖地での自撮りとまったく同じ光景といえるのではないか。

以前から、「ゆかりの地」というのは方々にあって、観光の目玉の一つになっていた。ゆかりとなるのは、たいていは歴史上の人物だったが、それが現代の有名人になり、また創作物になった、ということだろう。

僕が最も不思議だと感じるのは、何故「土地」なのか、という点である。

58 著作発行部数が累計一五〇〇万部を突破したことについて。

今年五月に出た新刊で、累計発行部数が一五〇〇万部を超えた。こういった数字を、僕はけっこう大切にしている。一言でいえば、「質より量」だと考えているからだ。数字はそれ自体に価値を持つデータである。その二カ月まえの新刊が、ちょうど三〇〇作めだった。ただし、部数も作品数も、数え方によって違ってくる。ここでは、日本で発行されたものに限り、また漫画は含まれず、電子書籍も（データ不足で）除外している。一五〇〇万÷三〇〇＝五万だから、一つの本が平均で五万部売れた計算になる。五万部というのは、印税だと（大雑把に丸めて）五〇〇万円になる。

出版不況の中、景気の良い話である。本当に、恵まれている（精確には、稼がせてもらっている）ことに感謝している（誰にって、稼がせてくれた人に対してです）。

一〇〇〇万部を突破したときには、自宅に編集者たちを全員呼んで簡単なパーティをした。そのときが、編集者に会う最後の機会となった。その後、僕は半引退（控えめな表現）して、ほんの数名の例外を除いて、編集者とは会わないし、どこにいるかも明かしていない。つまり、雲隠れしたのだ。借金はないので夜逃げではない。そんな半引退の隠遁生活でありながら、出版不況に逆らって五〇〇万部も部数を伸ばしたことは予想外だった。TVドラマになったり、アニメになったことが影響していると思われるかもしれないが、それらは全体の一割にもならない微々たる数字である。また、一年間に出す本の数も、半引退後は最盛期の半分に落としている。実際、仕事量も激減し、一日に一時間程度の仕事を、やったりやらなかったりといった感じで進めていて、のらりくらりと書いているのだ。それなのに部数が伸びているのは、何なのか、と分析したのだが、一つには、小説外が売れるようになったことがある。また、電子書籍が売れて、この影響で印刷書籍が売れたのかもしれない。

自由気ままに書いているし、傑作を書こうとも思っていない。血湧き肉躍る活劇でもなければ、抱腹絶倒のドタバタでもない。何がセールスポイントなのか自分でもわからない本ばかりだ。想像だが、もしかしてそういうものが少ない、珍しい、ということではないだろうか。

僕自身、小説は読まないので、どんな作品がこの世に存在しているのか、ほとんど把握していない。ノンフィクションはけっこう読むが、自分の書くようなジャンルは、やはり手に取る機会が少ない。ドラマも見ないし漫画も読まない。暗中模索作家である。

59 論理と理論はどう違うのか。

清涼院流水《せいりょういんりゅうすい》氏が、僕の小説を英訳して電子出版している（このことで、僕はとても感謝をしていることをこの機会に付記したい）。今年の春だが、小説ではなく、僕の現在の研究テーマであるジャイロモノレールについての記事（模型雑誌に投稿したもの）を彼が英訳してくれて、それらは無料で電子配信された（Amazon の Kindle 版もある）。

このときのゲラの確認中に、彼が「logic」と訳した部分を、僕は「theory」ではないか、と思い、相談することにした。結果、半分くらいが theory になったが、やはり、一般の人にとっては、logic の方が聞き慣れた言葉だし理解しやすいところかな、とも感じた。この英文は、ネイティブの校閲も経ていて、そこでも logic が適切と判断されたようだ。

あえて日本語でこの両者を区別すると、logic は「論理」であり、theory は「理論」である。これでも、一般の方にとっては難しい。「論理と理論はどう違うのか？」と思われるのではないだろうか。明確に意識して使い分けている人、違いが説明できる人はどれくらいいるだろう。同じだ、という意見もあると思う。ただ、僕としては、両者はまったく別のものである。

簡単に言ってしまえば、論理というのは、言葉で形成された意見である。「彼は悪い奴で、過去にこんな悪事も働いている。したがって、今回の事件の犯人でもおかしくない。彼が犯人であると私は確信している」といったものが論理。実際には、もう少し詳細で、いろいろ理由や見解が展開されるわけだが、あくまでも言葉上の理屈であって、事実（科学的根拠のあるもの）では必ずしもない。

一方、理論とは、自然現象の観察やその法則、あるいは数式から導かれるものであり、これは誰かの意見ではないし、また、たとえ言葉で表現されていても、それは理解のための手段として言葉が用いられているだけで、数字でも記号でも良い。もちろん、どこかで理想化、単純化が行われているため、真実かどうかはわからない（確率的な問題になる）が、少なくとも、人が「思う」とか「考える」から成立するものではない、客観的なものだということである。以上は、大雑把《おおざっぱ》な説明だが、詳しく書くには紙幅が足りない。

「独楽《こま》は回転しているから倒れない」は論理であり、原理をベクトルで証明したものが理論だ。独楽が倒れないのは、論理ではなく理論で証明されている。それが倒れない理由は、人間の言葉の理屈のおかげではない。犯罪に対して、探偵が犯人を追いつめるときも、論理的ではなく理論的に行わなければならない。それが「科学捜査」の原則だ。

60

構造、材料、生産の順に進化する。

「生産システム」という授業を大学院で受け持っていたとき、「十九世紀は構造、二十世紀は材料の時代だった、二十一世紀はきっと生産システムの時代になる」とガイダンスで話した。生産システムとは、つまり「作り方」のことである。十九世紀には力学による設計法が確立し、構造的なチャレンジがあった。二十世紀には数々の新材料が発明された。この次は、製産する方法に改革があるだろう、という意味だ。建築分野の話なので、工場で製産される自動車などになると、もう少し先行しているはずである。つまり、作るものの仕組みを理解し、何を使って作るのかを考え、最後に、作る手順について合理化する。これが小説になると、まず物語の組立てを理解し、次に題材を揃え、最後には執筆手法の洗練となる。

僕の人生の前半は、材料の時代だった。プラスティックやセラミクスが登場し、身の回りの品々が劇的に変化した。でも、その形というか構造は古来のものだった。それが最近になってどう変わったかといえば、目に見える一番の変化は「安く」なったことだ。これは、生産性が高まったことが一般人に還元された証拠といえる。

　若い人は、この数十年間の技術発展が目覚ましい、と捉えているだろう。誰でも、自分の生きている間の変化を拡大して観察するから、当然そう感じる。しかし、半世紀以上生きてきた僕が見た感じでは、ここ数十年は停滞しているように感じられる。というのも、そのまえの数十年が凄かったからだ。生活が一変したと言っても良い。トイレが水洗になり、蛇口からお湯が出るようになった。冷えたジュースがいつでもどこでも買える。通信手段が個人のものになり普及した。空調のある家に住み、自分の車でどこへでも行ける。飛行機に乗って外国にも行けるようになった。

　一方、この数十年の変化というのは、機械が小さくなった程度のことだ。ゲームもいろいろ出てきたし、遊園地も大規模になった。でも、どれも、以前からあったものばかりであり、安くなったことくらいしか個人の生活には影響していない。

　スマホがあるじゃないか、と言われるかもしれないが、スマホよりも水洗トイレや給湯の方が凄い。どちらかを選べと言われたら、断然水洗トイレと給湯を選ぶだろう。

　当然ながら、どんなものでも永遠に発展できるわけではない。いつか行き着くところまで行き、頭打ちになる。発展の速度は遅くなる。だから、生産性を改善し値段を下げるくらいしか改善する箇所が残っていない。さて、その次に来るものは？

61

ここへ来て良かった、という肯定こそ、幸せの手法である。

人生にはさまざまな選択がある。一つの道を選べば、別の道を経験することはできない。なにか不愉快な思いをすれば、その選択が間違っていた、あちらの道の方が良かったと後悔することになる。もちろん、今からでもその道へ進路を変えることも可能だ。それが不可能だという場合は思いのほか少ないのだが、何故か「もう遅い」と諦めてしまう傾向を人は持っていて、ただ不満だけをコレクションするのである。

僕は、後悔というものをしたことがない。後悔しないように熟考して選択をする。だから、選択した以上は自分の責任と名誉において振り返らない方針だ。だが、僕の奥様は、僕が観察したところ、少なくとも熟考することがない。完全に直感で道を決めているようである。それでも、後悔を口にすることはほとんどなく、傍から見ていて、実に運の強い人だと感じることが多い。

彼女は、あれは良くなかったね、ということを口にしない。たいていは、「ああ、ここへ来て良かった」「これを選んで正解だった」と常に現状を賞賛する。そういう癖があるのだろう。この点は、僕とは違う。僕は現状に満足していても、それをわざわざ言葉にしたりはしない。なにしろ、現状に満足するように過去に選択したのだから、満足は予定されていた当然の結果でなければならない。たまに小さな失敗があって、「あら」ということがあるのは、バラツキ、誤差の範囲といえる。

しかし、奥様がそうやって感嘆されるのを聞くと、実に嬉しい。まるで僕の生き方を褒められているようにも聞こえるし、もう少し嚙み砕いて言えば、奥様に対する責任を果たせたという安堵感に近い気持ちになれる。

おそらく、これが彼女の夫コントロール術なのだろう、とも思う。そういう意味では、直感というよりも計算しての言動かもしれない。そこまで考えているとはどうしても想像できないが。

幸せというのは、このように小さなものを見つけて拾い上げることだ。いつも探していれば、どこにでも落ちている。探さなければ見つからない。見つからないから、自分は不幸せだと思い込む人が多いように見受けられる。後悔というのは、過去にまで遡《さかのぼ》って、不幸せを探しているようなものだから、幸不幸どちらも、結局は本人が探して見つけているという点では同じだ。歩いているのは、誰でも一本道。そこに落ちているものも大差はない。拾い上げる目と手が違っているだけである。

62 人間は争いにならなければ力が発揮できないのか。

「二番ではいけないのですか？」という言葉が一世を風靡《ふうび》したのは、今は昔であるが、僕は、そのとき「一番である意味を返答するべきだった」と書いた。その返答ができないようでは弱いと。しかし、実のところは、この問いかけは人類永劫《えいごう》のテーマではないだろうか、ということを気づかせてくれて、さすがに政治家になる人は考えているな、とは思った。もっとも、政治家が考えているのは、キャッチコピイなのかもしれない。その言葉の本質、哲学は、人を説得する目的とは少し距離を置いているだろう。

つい最近、「モチベーションの維持が難しくなった」という理由で引退をしたゴルファがいた。スポーツというのは、勝つこと、競争することが主たる動機となる。否、人間がやる気を出すのは、悉《ことごと》くこれではないだろうか。相手を打ち負かす、自分が上に立つ、そのために日常の生活ではほとんど必要のない力を発揮することができる。努力をし、忍耐し、挫折しない強さは、つまりは争いから生じるのか。負けることを、死ぬことに近い感覚として捉えれば、これこそ死に物狂いになれるシンプルな条件といえるだろう。

争いの最たるものは戦争である。人類のどの時代にも絶えることがなかった。現代社会を支えている科学技術の大半は、実は軍事産業から発していたり、そこで育まれたものだった。平和の象徴ともいえるインターネットもそうだし、また、IT関連の技術革新の多くは戦争のための予算によって支援されていた。戦うためならば、あらゆる努力を惜しまない、湯水のように金をつぎ込む、と認識しても間違いとはいえない。

広い意味で争いを考えれば、すべてのビジネスは争いである。金を儲けることは、経済的に勝つことだし、相手よりも上に立ちたいと、知恵を絞り、策略を巡らせる。合法的な範囲で、相手を出し抜き、騙して、目的を達成しようとする。

子供のうちから、受験戦争に備えて、日々モチベーションの高め方を教わっている。気合いを入れろ、やる気を出せ、と鼓舞される。ボールがゴールに入ったとき、選手が見せるガッツポーズ、合格発表で自分の番号を見つけたときの高揚感、それらは、相手を打ち負かした、勝った、俺が上だ、と叫んでいるのと同値である。

こうして考えてみると、モチベーションに支配されている機械なのか、そういうプログラムで動いているのか、と少し情けなく感じないだろうか。そう感じる気持ちが、人間にはあるはずだ。戦うだけではない、勝つだけの人生ではない、と。平和な社会には、競争に疲れた精神が生む文化が育つだろう。それもまた、いずれは競争になるのだが。

63

日記が書きやすいのと同様に、物語は書きやすい。

現在、僕は平均すると、一日十数分の執筆時間で小説やエッセィを書いている。また、ほぼ同じ時間を使って、毎日のブログを書いている。ブログは、だいたい、この本の二ページに収まっている文章と同量である。このままで、ファン倶楽部会員限定の公開だったが、この夏から講談社のサーバへ移動して一般公開となった。ときどきこうして公開場所を変えている。引越が好きな僕に相応しい。デビュー以来二十数年間、ほぼ毎日書いてきた。日記を書くことは、とても簡単だ。今日の出来事、あるいは考えたことを、そのまま垂れ流して文字にするだけだから、エッセィを書くよりもはるかに楽だ。

何故楽なのかといえば、つまり書くことがそこにあるからである。テーマが既にある。たとえば、質問に答えるのと同じで、正直に返答するだけだ。質問する方は質問を考えなければならないが、答える方は、嘘を考えるときを除けば、あるがままに答える。頭から出すだけなので、苦労がいらない、ということ。

これは、小説でも同じで、僕の場合、小説は既に頭の中にあるイメージをただ出すだけなので、何を書こうかと、そのテーマで掘り下げることもないから、すらすらと書ける。エッセィは小説よりは執筆に時間がかかる。これが研究論文になると、まず研究しなければならないし、実験をしたりして確かめる必要もあるし、またある程度の成功がなければ書くことができない。エッセィは失敗しても書けるから、はるかに簡単だが、それでも、やはり着眼が必要だから、しばし考える必要がある。小説もシリーズを始める際にはこの着眼が求められるけれど、始まってしまったら、もう書くだけだ。

僕はこれを「単なる労働」と呼んでいるけれど、それは肉体労働をされている多くの方に失礼かもしれない。たしかに、頭を使わない作業というものはある。体力を消耗するから仕事になっている。したがって、その意味での消耗は小説でもある。でも、取っ掛かりが楽だということ。いうなれば、既に就職して仕事も覚えた状態で始まる作業なのだ。これに比べると、エッセィは毎日違う現場で違う作業をする仕事、論文は新しい就職先を探し、そこで働くために、面接や試験を受ける一連の活動に似ている。

これは、作業の楽さについてだけ述べている。実は重要な点は、その作業によって書かれた文章が、社会的な価値を持つか、ようするに商品になるか、という問題である。ブログはこの点で、商品価値を高める必要がないので、いっそう楽だといえる。この部分は、技術的な問題であり、楽か苦かというレベルとは別の軸で評価しなければならない。

64

英語にコンプレクスを持っている人は、ジェネラル指向なのでは？

何度も書いているが、僕は語学はまったく駄目だった。落第点といっても良い。国語も英語もさっぱりだったし、大学ではドイツ語を二年間学んだが、何一つ身についていない。ドイツ語で数えられるのは三までだ。

ただ、苦手だといっても、避けたりしないし、諦めたりもしない。一般の方がよく口にするコンプレクスも、たぶん抱いていない。毎日、英語の雑誌やウェブサイトを読む。ドイツ語でもときどき読む。そうそう、忘れていたが、実は日本語を書く仕事を最近しているのだ。コンプレクスがあったら、こんなふうにはならなかっただろう。

英語について言うと、英語の日常会話はほとんどできない。ＴＶや映画を見ても、理解できるのは一割くらいだろう。この理由は、僕がわかろうとしていないからだ。これが、模型雑誌などになると、読もうと思った文章は、僕がわかりたい対象だから、わかろうとして読む。この違いが大きい。自分が知りたいこと、いわば専門分野であれば、なんとしても読めるものだし、そういったマイナな人と話すなら、お互いになんとかかわかり合おうとするから通じるのである。詳しい分野ならば、いろいろな表現ができる。相手が首を捻ったら別の言葉で言い直せる。どうしてもわからないなら辞書を引けば良いだけだ。コンプレクスがあるから、と諦める状況というのは、こういう場にはない。だから、英語を上達したかったら、英語で何をわかりたいのか、という目的がさきに必要なのではないだろうか。言葉というのは、メディアであって、手段なのだ。

ペンチの使い方にコンプレクスを抱く人は、ペンチをただ手に持って、上手く持てない、どう使うのかわからない、と言っているようなもので、何にそれを使うのかを考えていないし、何故ペンチが必要なのかもわかっていない。ペンチにもいろいろな種類があるのだ。作業によってペンチは違うということ。ペンチを持って町に出て、なにか使えないか、と探すようなものではないのである。

ペンチは、英語よりはスペシャルな道具だが、あまりにもジェネラルなものに英語を使う想定をしているから、ペンチを町へ持ち出したときのように途方に暮れる結果になるのではないか、と思う。

パリに住みたいからフランス語を学びたい、という場合も、「パリに住む」が、「フランス語を学ぶ」に比べてあまりにもジェネラルなのだ。パリに住むなら、ペンチの使い方くらい知っておいた方が良い、というのと同じくらいギャップがある。

65

言葉を知らないから理解できない、と考えている人が多い。

理系作家が書いたミステリィを読んで、「理系の単語が頻出して意味がわからない」とぼやいている人が多いのだが、だいたい小説に限らず、普通の本を読んだら、知らない単語がいくらでも出てくる。たしかに意味もわからない。でも読めてしまうものだ。子供の頃から日本語を覚えながら成長してきたわけであるが、すべての単語について、これはこういう意味ですよ、と教えてもらったわけではない。そんな順番で覚える言葉はほんの一握りといっても良い。ほとんどの言葉は、聞いているうちに、真似をして使っているうちに、だんだんそんな意味なのかな、と身についてくるものだ。辞書を引くことも普段はあまりなく、わからないならわからないなりに鵜呑みにする。わかったような顔をして聞いている。全体の意味がだいたいわかるから、そこから類推して、なんとなくこんな感じなのではないか、というぼんやりとしたイメージで頭に蓄積していくのである。

たとえば、「意味」とか「概念」という言葉は、どんな意味なのか説明できるだろうか。その説明を聞いたところで理解できるだろうか。でも、使っているうちに、自分の言葉になる。どういうときに使えば良いかも、なんとなくわかってくるのだ。

これは、固有名詞でも同じで、名前を聞いて覚えただけでは意味がない。それが示す人や場所を知っていて初めて使える言葉になる。しかし、そういった固有名詞が出てくる文章を読んで、「これは知らない」「初めて聞いた」とそのつど立ち止まって調べるだろうか。まずは、「ああ、そういうものがあるのね」と鵜呑みにする。たいていは、すぐに忘れてしまうけれど、そのあと何回も登場するに至って、名前が示すものが何かがわかってくる。知らない単語が頻出して読めないなら、社会や理科の教科書は読めないだろう。

英語でも同じだ。知らない単語があっても、読み飛ばして文章のだいたいの意味がわかれば、それで良い。テストではないのだから、多少誤解したままでも問題はない。そうやって読んでいるうちに、たびたび出てくる単語の意味が気になり、それを覚えたり、ちょっと調べてみようかとなったりするのである。

言葉というのは、その程度のものだと思っていれば良い。普段、誰もそんなに厳密に言葉を使っていない。それでもコミュニケーションは充分に取れる。言葉だけで伝えなければならないという特殊な条件がさほど存在しないからだ。

文章に囚《とら》われないこと、言葉に拘らないことの方がむしろ大事だと思う。たかが文章、しょせん言葉だけのこと、と受け流すことで、一回り広いエリアが見えてくるだろう。

66

お膳立てに誘われ、煽《あお》られたままに感じるのでは、感性といえない。

感性というのは思惟《しい》の一つの基盤となるもので、欲望ほど本能的ではない。知性、理性に寄り添った感覚であり、それが個性の素となる、といえるものだ。

ところが、この頃の子供たちは、両親や祖父母に囲まれ、みんなから、「ほら、綺麗だよ」「可愛いね」「楽しい?」「面白かった?」と誘導される。それ以前に、その綺麗、可愛い、楽しいも、すべて大人たちが子供のために用意したものなのだ。子供が見つけたものではない。子供に着眼させる猶予も持たせず、子供の視界に割り込ませ、それに対する反応のし方まで押しつける。

少し成長して、周囲の大人たちから離れられる時間ができても、マスコミやネットから、ほとんど同様の強要を受ける。さらには、四六時中つながった友人関係によって、お互いに拘束し合い、同じ視線、同じ反応を強いられている。これが、大人になってもずっと続くのだ。自分って何だろうと気づいた頃には、雁字搦《がんじがら》めの不自由さが完璧に出来上がっていて、これが人間の人生なのか、と諦めるしかなくなっていたりする。

教育というものは、ある程度、このような支配を前提としている。お膳立てをし、煽って、感性を導く仕組みである。それは、かつては子供の成長の一部を担った。そういうものが必要なのは確かで、自身で学ぶよりも効率が高いことは証明されている。しかし、あくまでも一部だった。今は、物心つかない時期から、すべてが教育になった。子供が減ったし、大人が子供の面倒を見られるほど余裕ができたし、通信技術やハードの発達もあって、子供の時間のほぼ全域を隈無《くまな》く教育が取り囲む結果になっているのだ。

もちろん、どんな環境下にあっても、個性的な子供になる場合もあるし、またどんな に理想的な環境でも必ず才能豊かな人間が育つとも限らない。僕自身は、子供というのは、さほど環境の影響を受けないのではないか、と考えている方で、大人になってからの人間性についてまで、教育や環境に原因を求めようとすることに疑問を感じている。

ただ、それは人間の内面的な本質が影響を受けないというだけで、外面的な部分、つまり本人が装うものは、多分に環境に支配される。環境に順応し、周囲に馴染むのが、人間、否、動物の基本的な習性・能力だからだ。その意味で、これを書いている。すなわち、性格ではなく、いわば技術的なもの、スキルなのだ。

となると、個性的に育てる必要などない。みんなと同傾向の人間だった方が生きやすいはずだ、との考えも一理ある。そう信じる人は、そういう子供を望んでいるのだろうか。

67 観察とは、観察し続けることでしか実現しない。

僕はよく「観察しなさい」と言うようだ。子供にも言ったし、学生にも言った。最近では大勢の読者が読む文章に書いている。自分に対しても常に言い聞かせている。

観察とは何だろう？

辞書で引くと、「ものごとの真の姿を間違いなく理解しようとよく見る」とある。「見る」だけでは観察といえないことはわかる。では、どうすれば真の姿を理解できるのだろうか。まず大前提がある。それは、理解するためには考えるしかないという当たり前のことだ。観察は、目でするものではない。

さて、それを踏まえて、大事な点が二つある。一つは、万物は静止しているのではなく動いている、ということだ。つまり、対象を理解するためには、そのものがどう動くか、どのように移り変わっていくのかをまず見る。それによって、そのものを初めて理解することができる。

したがって、観察しなさい、の意味は、じっくりと見なさい、というよりは、長く見続けなさい、ということなのだ。そして、ものによって変化する速度が違うことを最初に知り、その変化の速度に合わせて見届ける、というように観察するタイミングを測ることが大事になる。

たとえば、もの凄く変化が速いものならば、一瞬の観察で終わる。目で見ても残像しか残らないから、写真やビデオなどの機器の力を借りる必要があるだろう。また、もの凄くゆっくりと変化するものであれば、じっと見ているよりは、インターバルを決めて、毎日同じ時間、あるいは一年に一度同じ視点から見ることで、ようやく変化を観察することができる。社会の変化、人間の変化は、それぞれに固有の時間を持っている。

もう一点は、観察する範囲である。マクロに見るかミクロに見るか、ということ。これは、レンズのズームみたいなものだが、できれば、違った距離から、さまざまな角度で見る方が、真の姿を理解しやすい。だいたいの場合、興味のある対象には近づきたくなるから、クローズアップは自然にできる。難しいのは、カメラを引いて、俯瞰する視点だ。

後者の視点距離については、多くの人が気づいている。しかし、前者の「変化を捉える」という観測は、案外忘れがちなのではないだろうか。

僕が、よく数字に着目しなさいと書くのは、変化を見るのに適しているからだ。さらにもう一つ。もし対象が変化しない場合は、観察する価値が低いと思って良い。

68

段ボール箱がこんなにメジャになるとは思わなかった。

これは、宅配便が普及したためだ。森家には、一日に三、四個は段ボール箱が届くから、すぐにもの凄い量になってしまう。この処理に以前は頭を悩ませていたのだが、今住んでいるところでは、この悩みは解消された（ゴミ処理システムが日本の都会と違う）。Amazonで日本の作家二十名に選ばれたときに、段ボール箱のロボットみたいなフィギュアをいただいた（ダンボーというらしい）。それくらい、今や段ボールは市民権を得ている。でも、小説でこれを書くとき、表記に迷う。「段ボール」か「ダンボール」か、どちらも使われている。

そもそも、ボール紙というものがあって、これは厚紙のことを英語でcardboardという、このboard（板）の部分がボールと訛《なま》ったものらしい。ちなみに、段ボールは、英語で、corrugated cardboardといい、このコルゲートとは皺《しわ》や波のこと。段ボールは、波状になった紙を平板の紙でサンドイッチして作られている。こういった構造は、紙だけでなくプラスティックや金属でも存在し、いずれも軽量化が主目的だ。

引越をするときには、この段ボール箱が必須アイテムとなる。僕は引越が好きな人間で、しかももの凄い量の物品を所有しているため、必然的に気の遠くなる量の段ボール箱のお世話になっている。たいてい、引越のつど買っているけれど、箱代だけで何十万円もかかってしまう。それでも、大きさが揃っているメリットがあるし、新しい段ボール箱を見ると、荷造りに対するモチベーションが高まる、という不思議な作用もある。

子供がまだ小さいときに、段ボールでいろいろなものを作って、一緒に遊んだ。たとえば、子供が中に入れるロボット（つまり着ぐるみ）とか、秘密基地という名の小さな家とか、ミニ四駆のコースとかである。ガムテープとマジックインキがあればすぐできてしまう。この影響で、長男はその後も工作をするようになり、牛乳パックでロボットばかり作っていた。段ボールは子供では切ることが難しい。カッタナイフが危険だからだ。牛乳パックになったのは、比較的安全なハサミで切れるからだった。

大きなものを手軽に作れることから、段ボールアートも盛んになっている。三十年くらいまえからちらほらと見かけるようになった。残念ながら、僕自身は段ボールを工作に使うことは滅多にない。やはり、一時的な作品しかできない。その刹那《せつな》さが良い、というアーティストも多いとは思う。それでも、中学生のときに作った電気機関車の形のオブジェが、今も一つだけ残っているのである。

69

「活字」というのは何なのか、今の若者は知らない。

活字を知らない人はいない。活字を見たことがない人もたぶん（日本には）いないだろう。「活字離れ」とも言われて久しいが、これを「文字離れ」と言わないのは何故なのか、と若者は不思議に思っているかもしれない。

簡単にいえば、印刷されている文字が活字であるが、手書きの文字も印刷できてしまうから、例外もある。今はネットで文章が伝わるし、たとえば、スマホのモニタで見る文字は活字なのか、と疑問に思う人もいるだろう。厳密にいうと、あれは活字ではない。だから、電子書籍の普及は、文字通り「活字離れ」といえるのである。

活字とは、活版印刷で使われる文字のこと。これは、日本語で使われる文字を一つずつ判子のようにして作り、この判子を文章に従って並べて、インクをつけて紙に転写する印刷方法。それができる以前は、木版のように、文章全体をそのつど彫って、全体を一つの判子にしていた。浮世絵なんかも木版だ。これだと、同じものを何枚も刷ることはできるが、違う文章になれば、また最初から彫り直さないといけない。

そこで、文字一つずつの小さな判子を作ることにした。判子といえば、普通は円柱体だが、文字の判子は角柱体で、きっちりと並べることで文章となる。こうすれば、文章が変わっても、並べ替えるだけで良く、彫り直す必要がないから、早く印刷にかかれるわけだ。そして、一字だけの判子は、何度も使える。使い回しができる。これが「活」の意味である。無駄にならず活用できる。リサイクル性に優れている。

この活版印刷は、現在ではほとんど使われなくなったといっても良い。なにしろ、すべての文字の判子が必要だし、大きさが違うものも用意しないといけないし、何度も使う文字もあるから一つずつあれば大丈夫というものでもなく、膨大な判子を保管し、しかも、すぐに取り出せるように整理して並べておかなければならない。出して並べ、また元に戻す作業だけでも専門のスタッフが必要だ。ちょっとスペースをオーバしたから、全体に文字間隔を詰めましょう、といった融通が利かない。逆にいえば、それくらい活字には重みがあった。馬鹿な文章を活字にしている余裕などなかったからだ。

今は、活字は個人のものになった。すっかり大衆化した。手書き文字の方が価値が高いくらいだ。フォントの数も増え、手書きも活字になり、絵文字も加わり、天文学的に大量の活字が日々製産され、消費され、蓄積され、あらゆるものが、この中に埋もれていく。動く文字、音を出す文字が登場し、本当の「活字」と呼ばれそうな気配さえある。

70 ローテクのおもちゃに驚く子供たちを見て思ったこと。

ゼンマイで走る機関車を見せたら、目を輝かせる少年がいた。その仕組みを見せると、凄い凄い、と感動するのである。以前も、蒸気で走る機関車に対して、「凄い技術ですね」と感想を言った人がいる。凄くない。古いものであり、ずっと昔からあったのだ。おもちゃは、ゼンマイや蒸気で動いていた。モータや電池がなかった時代だったからだ。

今は、モータも電池も簡単に手に入るから、それを使えば良い。たしかに、ゼンマイや蒸気機関に比べて組立ては難しくない。しかし、モータや電池を自作できるだろうか。モータはまだ簡単だが、それは磁石が買えるからだ。磁石が売っていない場合はどうする？　電池を作れる人は、かなりの科学知識を持っているだろうけれど、それに用いる材料が買える立場でない場合はどうする？

それらに比べれば、ゼンマイや蒸気機関は、原始的な材料と工具でなんとか実現できる。江戸時代にタイムスリップした場合でも、その時代で入手できる材料と工具で作ることができる。少なくとも作り方を教えて指導することができるだろう。

だが、江戸時代に磁石を探し、電池に必要な化学物質を調達するのは、かなり難しい。電池が無理なら発電すれば良いが、その場合も発電機（つまりモータ）が必要だ。磁石がなくてもモータも発電機も作ることができるけれど、どうやって直流にする？　僕たちは今、先人が築いた技術の上に立っている。モータや電池が買えるのはそういう意味だ。スマホが買える、飛行機のチケットを買える。あらゆるものが、既にあって、使えるようになっている。理屈がわからなくて、自分で作ることができなくても、使えるのである。魔法と同じだ。魔法の呪文は、つまり価格に応じて出すお金である。

ある子供は、僕が持っている機関車を指差して、「これはいくら？」と値段を尋ねた。見るものすべて値段が知りたいらしい。それは、魔法の呪文だからである。

本当は、知識や技術というものが、魔法の呪文だった。お金がなくても、この呪文があれば、実現できるものが多かった。買えなかったら作れば良かった。十九世紀から二十世紀はそういう時代だった。科学に憧れ、みんなが知識を自分のものにして、その呪文を覚えようとしたのだ。でも、あまりにも知識や技術が難しくなりすぎ、一方では、ハードもパーツもどんどん安くなったため、知識と技術に替わって、金が第一になった。なんでも買える。すべてに値段がついている。ゲームの中でさえ魔法が買える。

さて、こうなると無性に欲しくなるものがある。それはきっと、買えないものだ。

71 「ブラック」だったからのし上がれた人たちの会社がホワイトになる？

ここ最近、会社での苛《いじ》めや待遇、あるいは勤務状況について、話題になる機会が多い。具体的な問題が発覚し、大衆の声が集まり、建前だったことがしだいに法律で明文化されて、厳格な運用を迫られる社会になりつつある。基本的に良い方向へ進んでいるとは思う。しかし、本音が言えない世の中になったみたいにも感じる。

個人の商売などでは、身を削って働くことで成功する人がいる。繁盛すれば忙しくなるから、当然無理をすることになるだろう。漫画家なんかも、僕が知っている範囲だけでも、明らかにブラックだ。残業しないなんてことはありえない。これは、雇われているわけではなく、各自の自由だ、といえばそのとおりだが、しかし、ビジネスであるから、なんらかの対価をどこかから得ている。商売なら得意先があり、漫画家なら編集部がある。そこには、契約といった杓子定規《しゃくしじょうぎ》なものはないが、これをしたらいくら、と決まっていて、発注があり納品がある。将来的に、労働基準法的なものが介在する可能性はあるだろう。

だいたい、無理が利く若い時期の超過勤務によって、その仕事で成り上がるものだ。

そして、どんどん事業が大きくなり、自分一人では無理になる。そこで人を雇い、組織的な営利活動を行うに至る。個人の商売でも漫画家でもバイトやアシスタントを雇うから、ここで合法的な運営に縛られることになる。しかし、社長は、それ以前の仕事振りを貫こうとするから、雇われた方が申し訳ないと感じて引いてしまうだろう。社長があんなに頑張っているのなら、と奮起する社員もいる。それがまた会社の発展につながる。しかし、いずれ、その連鎖は断ち切れる。今の日本が、平均的にそういう世代になったということ。もう逆戻りはできないから、今後はさらにやりにくくなるはずだ。

ついこのままで、企業戦士はもて囃《はや》されていた。滋養強壮剤を飲んで戦いに臨んでいた。日本は高度成長期にあって、成果が目に見えてわかったから手応えも感じられ、誰も文句が言えなかった。日本の会社は例外なくベンチャだった。そして、異常な時代だったということである。その時代は終わるべくして終わり、平常になったといえる。

猛烈であることに日本人は疲れたのだ。猛烈が異常だったことに気づいた。大勢が仕事から退き、老年になり、社会を俯瞰できる立場に立ったからわかったのである。

今の若者のモチベーションは、人の上に立つ未来ではない。高級マンションに住み高級スポーツカーに乗る未来でもない。もう少し穏やかで、もっと優しいものを、きっと夢見ているだろう。そんな中途半端で曖昧な夢こそが、実は「平常」なのである。

72

押すか引くか問題に関する一考察。

人を説得するときの話ではない。もっとそのものずばり、道具の使い方についてである。ノコギリは日本のものは引いて切る。外国から来た金ノコなどは押して切る。どうしてこの違いがあるのか、というと、実際に使ってみるとわかる。木を切るノコギリは、押したら曲がってしまう。刃が薄いからだ。だから引く方で力を入れる。一方、金属を切る場合は、金属に押当てる力が同時に必要だから、押すときに力を込めやすい。金ノコは、刃が曲がらないよう先でも支えがあるから、押して使えるのである。同様に、ヤスリも押して削る。押さえつける必要があるからだ。日本のノコギリが引いて使う仕様なのは、押し付ける力を必要としない対象（つまり木材）のためだろう。

ドアは押すものと引くものがある。push か pull と表示されているものもある。一般に、通路から室内に入るときは押す。しかし、玄関は外から引く場合が多い。これは、通路を歩いている人にドアが当らない、玄関の中の空間が広く使える、という理由がある。通路から入るドアで例外なのは、化学実験室のドアだ。化学実験室は、火災や爆発などの災害時に外へ開くようにドアが作られている。

荷車にも、押すものと引くものがある。リアカーや大八車は引くが、乳母車などは押して使う。かつては馬車などの動物が引く車があったから、人間も引くことにしたのか。引く方が、前方が見やすい。一方、乳母車は、乳母車の中を見やすいようにデザインされているのだろう。

機関車は客車を引くのが一般的である。引くものはトラクタ、引かれる方はトレーラである。列車がトレインなのも、引っ張られていくからである。どうして押さないのかといえば、これも前方がよく見えるためだ。しかし、停止するときは機関車がブレーキをかけても後続車両が慣性で機関車を押す。そこで、最後尾に車掌が乗り、ここでもブレーキをかけた（現在は全車両でブレーキがかかる仕組みがある）。また、日本の電車は、モータで駆動する車両が分散していて、先頭車両が引っ張っているわけではない。例外もある。登山鉄道などは、機関車が最後尾で、客車を押して登っていった。万が一連結が外れたときに危険だったからだろう。

モップは押して使う。掃除機も同じだが、掃除機の本体を引っ張らなければならず面倒だ。芝刈り機も除雪機も押していく。スコップは押すが鍬《くわ》は引く。ブルドーザは押し、バックホーは引く。収納にも押入と引出がある。押し引きにはそれぞれの理由がある。

73 ミニオンズというらしいものが僕の周りに集まっている。

たまたま見かけて、気に入ったので買った小さなフィギュアがあった。黄色いオバQみたいなキャラクタで一つ目で、水中メガネをかけている。そうか目が一つだと、水中メガネもこんなシンプルな形状になるのだな、円柱と円柱の重なる曲線はどんな式になるだろう、などと想像した。これがミニオンズという名前だと知るのは一年後くらいだ。

ブログに載せる写真に、たまたまそのフィギュアが映っていたため、たちまちファンからそれに関するグッズが送られてくるようになった。数が増えると、遊びにきたゲストも、僕がそれが好きなのだと思い込み、次に来るときにプレゼントを持ってくる。そんなふうにして、ここ二年ほどで、ミニオンズの人形が百くらい集まってしまった。

清涼院流水氏夫妻が来たときに、夫人が「是非、映画を見て下さい」とおっしゃった。僕は映画を見たことがなかったし、見たいとも思わなかったのだ。しかし、そうまで言われるなら、と思っているうちに、ＤＶＤが届いた。それで映画を一本だけ見た。

非常に面白かった。日本のアニメよりも確実に面白い（面白い日本のアニメを見ていないからだろうが）。でも、だからといって、ミニオンズが大好きになるほどではなかった。フィギュアの方が良い。だいたい、僕は2Dのものに興味が薄く、3Dならば身近に置いておく習慣がある。やはり、形が面白いと感じるからだ。

同じようなことが、過去にもあった。サトちゃんやキョロちゃんのフィギュアが自然に集まってしまい、どちらも五百匹くらいの数になったのだ。これも、3Dでなければ対象外である。何のキャラクタかも無関係。ただ、形が面白かったからだ。今でも、それらの人形は家のどこかにある（たぶん、倉庫の段ボール箱の中）。

ブライスという名の着せ替え人形も、形が面白いので買った。着せ替えをしたことは一度もない。だいたい服付きで買ってそのままだ。講談社からプレゼントされた高価なものもあるが、あとは自分で買った。ファンからいただくには高すぎる。三十人くらいいるだろうか。今でもときどき眺めて、面白い顔だなあ、と思う。形が面白い。

シェルティが好きだが、犬の中でこれが特別なのも、躰の形が面白いからだ。そういえば、機関車も飛行機も、また自分が乗る車も、まったく同じ理由、形の面白さで選んでいる。スニーカを選ぶときも、帽子を決めるときも、同じ基準だ。面白い形、としかいいようがない。そう、これを表現する言葉は、かつては存在しなかった。だが、今はある。可愛い形だ。「可愛い」が、今はそういう意味になったようである。

74

iPhoneとかMacとか、なかなか壊れないから、新型が買えない。

iPhoneは三台めだ。最近持ち歩くこともないし、ほとんど電話としても、ネット端末としても使わないのだが、ドローンを飛ばすときのモニタとして、またレーシングカーのコントローラとして、ようするに模型関係での利用があるので、やはりないと困る。一つまえのときは、奥様と一緒に新しいiPhone 5にしたのだが、奥様の方は具合が悪くなり一年ほどまえに大きいサイズに交換した。僕も大きい方が良いなと思って、今回選んだ。もっと大きくても良いと思っている。iPadになってしまうか。

近頃、iOSでしか動かないアプリが多くて、パソコンだけでは困ることがある。そういう時代になった。模型関係のコントロールや、ちょっとした測定アプリも、スマホ用しかない。若者はもうパソコンが使えないそうだ。たしかに、スマホで足りてしまう。ただ、僕にはもう遅い。僕は二十四インチのシネマディスプレィを二台並べて仕事をしている。モニタが大きくないと駄目だ。表示している文字はスマホのモニタと同じくらい小さいのだが、領域が広くて、沢山のウィンドウを広げておきたい。

新しいiPhoneに換えたのは、まえのiPhoneが故障したからだ。ホームボタンの利きが悪くなった。なにをするにも不便極まりない。急所といえる箇所だ。もうすぐ出る新型には、このボタンがないらしい。さもありなん、と頷いた。メカニカルなスイッチは、現代のIT機器のウィークポイントだ。ジャックもそうである。いずれ消えるだろう。

ところで、パソコンは長持ちしている。七年まえに壊れたのが最後で、その後はどれも問題ない。最も古いのは、十五年くらいまえのPowerBookだが、これが使っているパソコンで唯一ハードディスクを装備している。ほかはすべてフラッシュメモリィになった。この種のパソコンはどこが壊れるのだろう、と興味を持っている。

MacAirも、古いものはファンの音がするが、新しいものは静かになった。もうなにも回っていないようだ。ますます壊れにくくなっているのではないだろうか。

OSも安定している。不具合がほとんどない。昔みたいに無理な使い方をしなくなったからかもしれない。アプリも加えないで、最初についてきたものだけを使っている。ワープロも日本語変換も昔は自分で買ってきて入れていたのだ。パソコン自体も安くなったし、ソフトもいらない。メーカは大丈夫なのだろうか、と心配になる。

唯一壊れるのはマウスである。光学マウスになって壊れにくくなっているものの、最近はスクロールボールがついたものにしたせいで、ときどき分解掃除が必要だ。

75 工作機器も壊れないから、新しいものを買う機会がない。

今使っている旋盤《せんばん》は、十二年まえに中古で購入したもので、不具合なく稼働している。ボール盤もほぼ同じくらい。フライス盤は、五年ほどまえに買った。このフライス盤が、昨年だったかデジタル計が壊れたので、自分で部品を購入して直した。そういう新しい部分が壊れるのである。メカニカルな部分（つまり金属製躯体《くたい》やモータや歯車などの機械）はたぶん一生もので、人間の寿命くらい使えるはずである。

電動工具もハンドツールも、一通り揃ってしまい、近頃は新しいものを買いたくても買えない。ヤスリや安いドライバなどは消耗するし、もちろんドリルの刃などは買っているけれど、大きい買いものがなく、ややつまらない。工作室が成熟してしまったわけだ。自分の寿命も考慮して、今からそんな高価な機器を買うわけにもいかない。残り時間と体力で作れるものは多くはないし、おおかた今あるもので間に合うだろう。

買おうと思って買わなかったものといえば、大きなガスバーナくらいで、これは機関車のボイラを作るときに必要なものだが、ボイラは極めて工作が難しいから外注した方がかえって安くつく、と考えて、購入を諦めた。でも、そんなことをいったら、なんだって外注した方が安くつくのである。

旋盤は元が取れたかもしれないが、フライス盤はまだ作ったものの価値が機器を上回っていない。実は二つまえの住まいに、重さが五百キロもあるフライス盤を置いてきた。運べなかったからだ。あれはもう廃棄するしかない。ただで誰かに譲ろうと思っているけれど、誰も欲しいと言わない。最近の機器の方が性能も良いし安いし、それに軽い。

この頃、木工というか大工仕事が多くなってきて、昨年はインパクトドライバを買い替えた。つまり二機めである。最初に買ったときの半額以下になっていた。どんどん安くなるのが気持ち悪いくらいだ。

そうそう、大きいものといったら、除雪機があった。今は三台である。昨年、小さいものを一台購入して、これは庭園鉄道の除雪車に改造した。この鉄道の除雪車も二台めになる。庭で使う道具は、芝刈り機、草刈り機、ブロアなどだが、外に置きっぱなしだからか、あまり長持ちしない。ブロアなどは五回くらい買っている気がする。一番最近は、高圧洗浄機か。新しいものを買っていないと言いながら、けっこう買っているではないか。

つまり、一大決心して購入するほど高価なものがなくなった、ともいえる。どんどん安くなって高性能になっているのだ。デフレになるはずである。

76 シャワーが電話に似ているよね、と言っても通じなくなった。

iPhoneに電話がかかってきたとき、受話器を上げる、受話器を降ろす、という絵が描かれたボタンをタッチするのだが、これがわかりにくい。描かれているのが現在の状態なのかそれともこうなってほしいという状態なのかわからないからだ。単に、ONとOFFにしてもらった方が明快なのでは？

だいたい、この頃の子供は、あの受話器が何なのか知らないから、意味不明だろう。五木寛之《いつきひろゆき》氏が、ホテルのフロントで「公衆電話はどこですか？」と尋ねたが、意味が通じなかったと書かれていた。「公衆トイレの公衆ですよ」と補足したとか。歳を取ると、こういう時代性を感じられる特典がある。

ウェブページでよく見かける虫眼鏡のマークも、検索なのか拡大なのかわからない。なんでも絵にすれば良いというものではないのだ。英語で書いてあれば通じるのではないか。虫眼鏡がどうして検索を意味するのかも、子供たちはわからないのでは？　探偵がどうして虫眼鏡を持っているのかも理由は前時代的である。そうか、「虫眼鏡」という言い方も今や通じないかもしれない。拡大鏡？　拡大レンズ？　写真を示すマークは、たいていカメラの絵なのだが、これも風前の燈火《ともしび》だろう。今やカメラで撮られた写真はマイナな存在だ。カメラ自体を見たことがない人が増えている。近頃の子供は、火を見たことがないそうだ。家の中に火がない。キッチンはＩＨだし、お父さんも煙草を吸わない。湯沸かし器は屋外である。ストーブもない。だから、学校の理科の授業で見るアルコールランプが初体験なのだ。硫黄《いおう》がちょっと燃えたりして救急搬送される事故が頻発している。煙も初体験だからしかたない。化学実験もＩＨにするしかないだろう。マッチ売りの少女が何のバイトをしていたのかもわからなくなるのか。

僕がApple のコンピュータを買ったのは二十八年ほどまえのことだが、当時周囲は全部ＮＥＣのパソコンだった。僕の Mac を見にきた同僚たちが、画面にあるゴミ箱の絵を見て、「それ何？」と聞くので「ファイルを消去するとき、ここへ捨てるんだよ」と答えると、みんな大笑いした。「そんなのデリートすれば良いだけじゃん」と言う。それがどうだろう。今では、どんなＯＳにもゴミ箱があるし、スマホにもデジカメにもそのマークが出る。ゴミ箱は、今でも実物がほとんどその形のまま存在しているから通じる。

つまり、絵のマーク（ピクトグラム）には、そういうものを選ばなければならない。ゴミ箱は、電話やカメラよりも耐久性のある存在だったということだ。

77

同窓会に出席したいと思ったことは一度もない。

したがって、出席したことは一度もない。在学中に役員をやらされたときに、運営のために出席しただけで、学校を卒業したり、退職したあとは無縁だ。正直にいうと、どうしてあのような組織が存在しているのかも不思議である。でも、やりたい人がいることは理解している。やりたい人がやる分にはまったく文句はない。

「どうして、ツイッタもラインもフェイスブックもしないのですか?」と尋ねられることがあるが、どうしてやるのかが僕にはわからないからだ。それを問い返すと、「やらなくても大丈夫なんですか?」と言われる。そういえば、TVも新聞も見ない、と言ったら、「どうしてですか? どうやって社会情勢を知るのですか?」と言われたが、あのときと同じような感じだ。みんなは、それらSNSで社会とつながっているのだろう。僕には、それが必要ないから、やらなくても済んでいるのである。たしか、フェイスブックが始まったとき、懐かしい同級生に再会できる、と宣伝されていた。へえ、そんなことがしたい人がいるんだな、と思ったのを覚えている。

つながりたい人が多いのは知っているが、つながったらなにか良いことがあるのだろうか。そこが想像できない。僕はつながっていない方が得だと考えている。つながることは面倒だし煩《うるさ》いし不自由だ。デメリットばかりで、これといって利点がない。

同窓会に出たいともまったく思わない。懐かしい人に会いたかったら、その人を訪ねていけば良いだろう。みんなで集まって、短時間おしゃべりして楽しいだろうか？　会わなかった時間のことが話したいのだろうか？　そんな時間的余裕はないし、聞いても面白くないのでは？　よくスポーツ選手が故郷に凱旋《がいせん》するシーンをニュースで流しているけれど、あれもわからない。いちいち報告しなくても、みんな知っているはずだ。わざわざ時間を使って面倒なことをするものだ、と僕は感じる。

会と式のつくイベントには出ない、というのが僕のポリシィだが、確固たる理由があって拘っているのではなく、出る意味がないというだけで、したくないことをする時間があったら、したいことをしたい、というごく素直な反応にすぎない。

こういうことをわざわざ書いているのは、この主張を誰かにわからせようというつもりではない。また僕の気持ちをわかってほしいという意味でもない。ただ、エッセイを書く仕事をしているので、言わなくても良いことでページを埋めている。ようするに、欲求ではない。自分の周辺を静観した状況説明である。

78 今回、いつもと違う作り方でこの本を書いていることについて。

百のエッセイを集めた本をもう幾つか出してきた。本書は、その十一冊めになる。今までの十冊は、書くことをさきに決めておいて、それに従って中身を書いていた。「書くこと」というのは、見開きページの最初にあるタイトルである。これを思いつくのがわりと大変なので、半年くらいかけて、思いついたことをメモして集めておくのだ。

僕は、そもそも小説家になる以前からずっと、メモというものを取らない。小説家になったあとも、ストーリィとかトリックとか、その他内容についてメモを取ったことはない。唯一の例外は、作品のタイトルである。たまたま机の上にある封筒とか、他人の名刺なんかに小さな文字で書いたりしていた。いずれは捨てるものである。パソコンがスリープしていないときならそこに書いておく。この延長で、エッセイの小タイトルも書いた。

執筆するときは、メモのタイトルから書けそうなものを選び出して、二ページ分の文章を書く。この作業は簡単で、一週間くらいで百個は書ける（一日一時間半程度）。書くことが決まっている場合は、それに応えるだけなので、発想や着眼にかかる時間がないため、滞《とどこお》ることなく作業が進むわけである。これは、小説を書いているときもほぼ同じで、物語は連続して流れているものだから、それが流れているうちは、流されて書けば良いので、滞るようなことはない。

さて、今回十一冊めなので、違う方法を採用してみた。つまり、タイトルを事前にメモすることをせず、いきなり一つずつ考えながら書いてみたのだ。どうしてそうしたのかというと、もしかして発想しながら書いた方が、エッセイとしてのまとまりも良くなるのではないか。読む人も、話の内容がふらふらしなくて、振り回されないから、頭に入りやすいのではないか。そんなふうに考えたからである。

ここまで（七十八編だが）書いてきて、いつもよりも三割くらい時間がかかっている。全部書くのに十日かかりそうだ。たしかに、次は何を書こう、と手が止まってしまう。そこでコーヒーを淹《い》れにいったり、庭に出て草刈りをしたり、別のことをしてみる。しかし、その間に思いつくことは一度もなかった。これは僕の習慣で、違う作業に切り換えたとき、まえの作業のことをまっさらに忘れてしまうのだ。それで、またデスクに戻ってきて、「そうか、今はエッセイを書いていたのだ」と思い出し、「うーん、何を書くかな」と再び考えるところから始まる。効率は悪い。でも、思ったほど難しいわけでもなかった。だんだん作家としての作業に慣れてきたのかもしれない、と思った。

79

やる気の貯金をする方法は、僕以外の人にもおすすめかもしれない。

やる気というものが具体的に何なのか、という疑問はある。一般に言われていることとは違うとも思う。よく森博嗣の言葉としてネットに流れていたりするのだが、僕は「キリの悪いところで作業を切り上げる」という手法を二十年ほどまえに書いたし、また三十年近く、自分では実行してきた。研究も工作も、中途半端なところでわざとやめる。だいたい、仕事を中断するのは、トイレにいったり、食事をしたり、帰宅したり、寝たりするためなので、いずれも生物のハンディのような理由からだ。機械だったら作業を続けられるのに、生きなくてはいけないから、中断するわけである。

作業の効率から考えれば、そのインターバルがなかったかのように、戻ってきたときにいきなり仕事を続けられるのが理想である。つまり、「さて、何を始めようか」と考えない状況が望ましい。だからやりかけの作業をそのまま残しておくことで、次の日の自分に、作業を始められる段取りをつけておくサービスをするのだ。これは、ある意味で、翌日へやる気を残しておく手法といえるだろう。やる気を未来へ送るというのは、やる気の貯金みたいな感覚である。もう少しでキリが良い、もう少しやりたい、あとちょっとで達成できる、といった作業への傾倒をぐっと堪えて溜めておく。いわばエネルギイというかポテンシャルを温存する行為なので、金を貯める行為と同種といえるかもしれない。

ただ、今日使う金を我慢して明日使うことにする、というだけでは貯金とはいえない。貯金というのは、今日も明日も明後日も我慢をして、一年後に金を送る行為である（と書いたここで、今トイレにいってきたし、コーヒーを淹れて、ビスケットを一つ食べたところである。何を書いていたのか、すっかり忘れて戻ってきた）。だから、やる気を貯金するならば、やりかけの作業を幾つも店を広げたままにしておき、あるとき、それらの中から、どれを選ぼうかと迷うほど、すぐに続きができるものが目の前に広がっている幸せを感じられる、みたいな状況をいうのだろう。

ところが、ここに落し穴がある。これは僕の工作のやり方そのものであり、図らずも実践している形態なのだが、やりかけのものを見ても、何をしようとしていたのか思い出せなくなるのだ。そうなると、しばらくそれをいじってみて、「ああ、そうだった」となるまで時間がかかるし、思い出しただけで満足して、そのまままた放っておくことも多いのである。これはつまり、やる気というものが、長期的にはマイナス金利であることを示している。やる気のデフレといっても良いが、実際に言ってみても意味はない。

80

「人を見る目」というものがあるらしいが、どんな目なのか。

彼には人を見る目がある、という言葉を聞くことがあるだろう。人を見る目がない、と否定する場合も多い。どういう意味だろうか。そのまえに「見る目」という言葉の意味を考えよう。これは、評価眼とほぼ同じで、映像的な評価に限られない。「目は見るものじゃないか」と森博嗣が言いそうだが、「節穴か」というほど、見えない目もある。

「人を見る目」とは、人物に対する目利きのことだ。その人物の将来性とか潜在能力を見通す能力をいうわけだが、実際、そんなことができるとはとうてい思えない。単に、上手くいったときに「見る目があった」と過去形で使う程度のものだ。ちなみに、「先見の明」という言葉も、さきざきを見通すことを示すが、社会の動向などは、人物の能力ほど潜在していないから、わりと簡単だろう。

人間はわからないものだ。わかろうと思ったら、長期間つき合う必要がある。試験することで肉体的な能力（智力も含める）をある程度測れるものの、その人物が成功するかどうかは、条件があまりにも複雑すぎて推測の精度が低くなる。

条件が限られるほど、たとえば仕事の内容が決まっていて、どんな能力が要求されているのかが明確なほど、評価は多少は楽になる。新入社員を採用する場合の人を見る目は、このレベルのものだろう。

また、「私を不幸にしない人物」くらい限定されていると、一日話をしたくらいで、見通せるかもしれない。昔のお見合いがこれだ。一方で、「私を幸せにしてくれる人物」となると、非常に難しい。なにしろ「私以外を幸せにする人物」と見分けがつきにくいからだ。肝心なところが見えない。「愛している」みたいな言葉をいくら聞いても、それは耳が聞いているだけのことで、「人を聞く耳」という言葉がないことからも、まったく当てにならないことは歴史的にも広く知られた知見といえるだろう。

「男を見る目がない」もしばしば耳にする。一般に女性が持っている目の話になる。どういうわけか「女を見る目がない」はあまり聞かない。それは僕が男だからだろうか。それとも、女性は見ればわかる、と言いたいのだろうか（僕の心から出た言葉ではありません）。「男を見る目」は、おそらくこれまでの社会が男性主導だったため、「人を見る目」と類似の表現で使われ、ただ、社会的に成功する男をパートナとして獲得する女性の目を意味していた。だから、これからはもう使われないだろう。むしろ、「男女を見分ける目」の方が必要になってくるような気もする。見分ける必要もないか、とも思うが。

81

四という数字が、身近に沢山ありすぎる。

人間が作るものは、四角を基本としている。自然界には滅多にない形だ。四角いものがあったら、人工物だと思ってまずまちがいない。もっとも、三角だって人工的だ。人工的なのは、四角という形を囲む直線の存在に起因している。しかし、直線は自然界にある。たとえば光が直進する。三角よりも四角がメジャになったのはどうしてか。

何故、角が四つなのだろう。それは、垂直が特別な角度であり、それがぐるりと一回転する四分の一に当るからである。日本には四分の一という言葉がないが、英語ではクオータだ。半分の半分だから四分割になる。

三分割の百二十度では、床に立てたときに傾いている。直立するものは空間を半分にする。その床も表と裏があってやはり空間を半分にしている。だから半分の半分なのだ。

四角は面積も求めやすい。田畑も四角い方が作業がしやすい。書物も四角だし、モニタも四角だ。モニタなんか、横長の楕円形にした方が自然だと思うが、やはり四角い部屋の中に置く以上、四角の方が落ち着くのだろう。

方角も四つだし、季節も四つ。自動車のタイヤも四つ、ドローンのプロペラも四つ。これらは、いずれも半分の半分に由来している。半分は測りやすい。三分割よりも四分割の方が手軽かつ実用的なのだ。

三角定規には、直角がある。曲尺《かねじゃく》という直角に曲がった定規もある。大工さんが使っていて、あらゆる工作の基準が直角である。身の回りには、三角のものが少ない。三角のタイルとか窓とか扉は滅多にない。作ると周囲との整合性で厄介になるからだ。

僕が子供の頃、男の子は野球ばかりしていた。しかし、人数が足りないことがあって、三角ベースというシステムを採用することが多かった。これは野球の二塁がないもので、一塁から真っ直ぐ三塁へ走るのである。そのままだと、一塁から三塁が遠い（ルート二倍になる）ので、一塁と三塁を近づけるため、ホームから見て、両サイドのラインが鋭角になるようにした。ダイヤモンドは正方形だが、これを正三角形にする感じだ。こうすると、内野手が二人で済むし、外野も二人、一チームが六人にリストラできる。

実は、家は三角形にすると構造的に有利である。橋の骨組みなどが三角になっているのを見たことがあるはず。四角は拉《ひしゃ》げてしまうから、筋交《すじか》いが必要なのだ。造形的な自由度が技術によって増しているのだから、もう少し四角以外の形が見直されても良いだろう。ただ、三角形だけでできる立体は、四面体なのである。

82

ときどき動画を撮っているのだが、プライベートではない。

僕は、もう二十年以上、プライベートな写真を撮っていない。つまり、自分のための写真という意味である。旅行にいっても写真を撮らないし、まして自分の写真などまったく撮らない。犬の写真も、人に見せるもの以外は撮らない。過去の写真を眺めて悦《えつ》に入ることもない。懐かしいなあ、とも思わない。つまり、四十歳くらいで、自分には必要のないものだとわかったのだ。四十年もかかったのは、多少鈍かったからだと思う。

動画も若い頃は熱心に撮影した。ビデオカメラを購入したのは二十代の頃で早かったと思う。たしか、半額に値引きされた旧型で十五万円くらいだった。子供が三歳と二歳だったので、この頃から動画がある（再生できないし、もう見ないが）。

ブログに写真を貼るのも早かったと思う。当時、多くのブログは文章だけだった。写真はメモリィを必要とするから敬遠されていたのだ。それが、しだいに利用が広がり、大勢が写真をアップするようになった。ネットは写真で溢れるようになり、その次は動画である。もうこの頃には、僕は写真も動画も嫌になってしまい、やめてしまったのだ。

今でも写真は毎日撮るが、すべてブログにアップするか、出版関係で使うものだ。動画も撮影して、YouTubeに五百近くアップしているけれど、すべてファンに見せるためのもので、アップしたらデジカメから消去している。ブログに貼る写真は、表示されるサイズのもので撮っているから、大きなサイズの原図はない。

記録というものは、ないと困るのだが、多すぎるのはその次に困る状況といえる。結局使えないことが多い。断捨離《だんしゃり》が流行しているわりに、記録を消さないのは何故か、と思う。自分が見たものは自分の頭の中にある。それで充分だ。むしろ、記録しない方が、頭の中のデータは多くなる。カメラを持っていないときの方が目が働くということである。

ファンに見せるものだから、見せられる対象しか撮影しない。鉄道関係か犬関係かフィギュアくらいである。たとえば、飛行機関係の趣味は公開していないから、写真も動画もない。飛んでいるときは送信機から両手が離せない状態だから、撮影することは不可能だ。ドローンを飛ばしたときの空撮も一度見たら消去してしまう。これは、自分で見るために撮った動画といえるが、記録するほどではない。

思い出を残しておきたい、と言う人がいるが、思い出とはそういう外部の情報のことではない。情報は死んでいる、と書いたとおり、外部記録した瞬間に、思い出は死んでしまう。いつまでも生きている思い出を持っていたかったら、記録しないことだ。

83 「育てる」とは、どういう意味か？

まず、「育てる」と「育《はぐく》む」の違いを頭に思い浮かべてみよう。どう違うだろう。「育てる」の方が具体的に手をかけている、つまり世話をしている感じがする。「育む」は、直接的ではないし、見えない対象（たとえば友情や文化）が自然に成熟するよう見守っているイメージがある。人によるだろうけれど、同じ意味ではないことは確かだ。

また、「育てる」には「育つ」という自動詞があるから、見守っているだけなら、そちらを使えば良い。そもそも、「育てる」と「育つ」は同じ動詞なのだが、英語ではこれに相当する一単語がない。両者は明らかに別の概念だと理解されているからだろう。

教育における姿勢も、ここに重要なポイントがある。親や教師は、子供の成長にどれだけ関与するのか、つまり子供は育つのか育てられるのか、という点だ。もちろん、両方であるけれど、基本的にどちらに比重があるのか。どちらの影響が大きいのか。教育や子育ての話になると、このあたりが必ず議論になる。おそらく、これも人によるだろう。子供によってさまざまであり、また環境によっても当然違ってくる。

ペットを飼うときも、育てるわけだが、それは餌《えさ》を与えるという意味だけではない。むしろペットからもらっているものの方が多く、飼い主が育てられているといえるのではないか、と僕は思っている。これは人間の子供でももちろん同じだ。この場合、それを一言で表す日本語がない。英語の育てるは bring up だが、bring は、子供からもらうものも言い表わすことができるだろう。

焼き肉を食べるとき、網の上にある段階から自分のものだと主張する「育てる」もある。これは、植物を育てる場合に似ている。植物も自力で生長するわけで、植えた人間ができるのは、ただ環境を整えることだけだ。

「育ちが良い」というのは、健康で立派に成長したという意味の場合もあるが、多くはそうではなく、育った環境が良いという意味であり、実家が良家だと示している。だから、本当は「育てが良い」の方が意味が近いような気が僕はする。たとえば、「子育ち」ではなく「子育て」というのと同様にである。

いずれにしても、放っておいても成長する対象に限られる。植物や動物はもちろんだが、焼き肉の場合も、手を出さなくても肉は焼けるのだ。完全に手を加えないと変化しないものに対して、育てるとは言わない（たとえば、絵を育てる、化粧で顔を育てるなど）。「育てる」には、横からちょっと手を出してみた、という遠慮が滲《にじ》んでいる。

84 結局、人の評価を気にしてしまうのは、自分で感じる力がないから。

よく書いていることだが、最近の大勢の人々は、なにかというと周囲のみんなを気にしてしまう傾向がある。そんなことは放っておいて、自分で自分を評価すれば良い、と僕は思う。人が気になるのは、ネットなどで人とつながる時間が長くなったという理由もあるが、では自分一人でどうやって評価すれば良いのか、どう考えれば良いのか、どう楽しんだら良いのか、それがわからない、という声を沢山聞いている。

おそらく、自分で考える力以前に、自分で感じる力が鈍っているのだと思う。面白い、愉快だ、凄い、恐い、寂しいなど、自分の目の前にある現象をどう感じるのか、というセンサが弱っている。感じ方がわからない。だから周りを見てしまうのだろう。

感じ方というのは、一人のときの方がよくわかる。周囲に人がいないときに自覚する感情が、最も自分に近いものだ。したがって、一人でいる時間が長いほど、この感情センサが鋭くなるのではないか、と予測できる。

こういう話をしたら、逆だと言う人がいた。「自分は、周りに人がいるときは感情を表に出すが、一人のときはなにも出てない。無表情のままだ」とのこと。なるほど、感情までも対人の装いになってしまっているのだな、と僕は思った。これは、つまり、演じているうちにそれが自分の感情になってしまい、演じなくて良いときは感じることもない。感情がオフになる、ということではないだろうか。

　僕は、この逆で、人がいるところではむっつりしているが、一人なら、ぶつぶつしゃべるし、笑うし、困った顔もするし、驚いたりする。恥ずかしいから、人がいるところでは、それらのスイッチは切っておくのである。

　つまり、自分自身の行動に対しても、自分自身がいつも観察し、「あらら」とか「お、やるね」とか言ってくれる。この自己評価が確立しているから、一人で楽しめる。誰かに見てもらう必要がない。一人の方が寂しくない、といっても良いくらいなのだ。

　そして、大勢がいるときには、黙って周囲の人を観察している。人を見るのは好きだ。子供の頃から、大人の言動をじっと見ている時間が好きだった。そんな観察からわかることは、多くの人は他人をあまり見ていない、ということだった。自分がどう見られているかを気にするわりに、他人を見ない。見ないのに、他人を気にするのだ。また、会話を聞いていると、人の話を聞かない人が多い。自分がしゃべりたい。自分がしゃべったことへの返事が聞きたい。なのに、人の話は聞かない。そんな様子を見ている子供だった。

85 最近は名刺交換会もしておりません。

森博嗣はサインをしないので、当然ながらサイン本は存在しないし、サイン会は開かれない。サイン会の代わりに、名刺交換会を幾度かやったことはある。これは、僕がやりたいと言ったわけではない。出版社からサイン会をプッシュされるので、妥協点を見出した結果である。ファンにしてみると、サインはもらえないが、オリジナルの名刺(名刺交換会ごとに作り直していた)を一人ずつ手渡され、自分の名刺も森博嗣に渡せるし、握手もできる。サインをしていたら話もできないが、ちょっとした会話をする時間もある。さて、どちらが良いだろう?

作家のサインをもらって、その本を高く売ろうとする人たちは困るだろう。かなりの割合で、この種の人がいる。一種の専門職といえる。そういう人は、作家よりはもっと人気のあるアイドルへ向かいそうなものだが、適度にマイナな方が希少価値があるらしい。ファンのような顔をして来るので、いわば詐欺であるけれど、サインではなく、お相撲《すもう》さんから手形を押してもらったら手形詐欺になれる。

最後の名刺交換会がいつだったか、思い出せない。もう十年近くやっていないと思う。というのも、人前に出ていかないようにしたからだ。例外はファン倶楽部の講演会だけだが、これも二年まえが最後になった。この講演会のときも、名刺を持ってくるファンが沢山いる。名刺に小さな文字でメッセージを書いてくるのだ。これはもはや名刺ではないと思う。今でも、ファンからいただいた名刺を何千枚も箱に入れて保管している。

十年以上まえになるが、新宿の紀伊國屋《きのくにや》書店で名刺交換会をしたとき、吉本《よしもと》ばななさんと羽海野《うみの》チカさんが見にきた。僕がファンと名刺交換をしているのを、スタッフのような顔をして眺めていたのだ。吉本さんには気づいた編集者がいたはずだが、羽海野さんは顔を誰も知らない。「羽海野さんがいましたよ」とあとで話したら、みんな驚いていた。

羽海野さんは、サイン会をしたことがあるそうだ。そのときは熊の着ぐるみを被《かぶ》ってやったらしい。そんな格好でサインができるとはただ者ではない（それ以前にただ者ではないが）。頭が重いから両側でスタッフが支えていたという。そこまでするなら、スタッフが着ぐるみを着てサインをすれば良かったのではないだろうか。サインでばれる？　では、名刺交換会にすれば良い。アイドルか女優に依頼する手もあるのでは？

そうか、その手があったな……、とどんな着ぐるみ、俳優の誰にしようかな、と三十秒ほど思案したのだが、なにも思いつかなかった。ああ、そうか、のんた君か……。

86 のんた君とは何なのか。

そういうタイトルの新書を書いたら面白いかもしれない。『いろいろなのんた君をどうすれば良いか』とか、『魔法ののんた君を知っているか?』とかである。

のんた君というのは、僕が持っているぬいぐるみの名前で、このぬいぐるみは、僕が結婚するとき、結婚相手(奇跡的に今の奥様と同一人物)のお姉様がプレゼントしてくれたものだ。そのお姉様は、自分が持っていた古い熊のぬいぐるみを僕が気に入っているのを知って、断腸の思いで譲ってくれたらしい。ちなみに、お姉様はのりこさんというので、それをのんた君と名づけたのだ。普通、妹の結婚相手にプレゼントするのに、そんな薄汚れたぬいぐるみなど渡さないのではないか、と思われるかもしれないが、そのとおり、このお姉様はもの凄いケチである。結婚後三十五年にもなる今でも、「のんた君を返してほしい」とおっしゃっている。僕もわりとケチな方だから、絶対に返さないが。

今でも、のんた君は健在で、ホビィルームに飾られている。服も着せてあるし、子供用の自動車に乗っている。お姉様が買ったときも中古品だったそうだが、それから四十五年くらい経過している。最近、同じ熊のぬいぐるみの色違いを、アメリカのオークションで見つけて買ったのだが、明らかに同じ製品だった。目や尻尾などが同一だからだ。ただ、だいぶ形が違っていた。長い年月の間に、のんた君が変形したものと思われる。たとえば、両手を前で結んで花束を持っていたが、僕はそれを切り離してやった。尻尾には鈴が入っているが、のんた君の鈴は、尻尾からお腹の中へ移動して、どこにあるのか行方不明だ（振ると音はする）。尻尾はぺしゃんこになってしまった。色も青かったはずだが、今はネズミ色である。洗濯をして褪《あ》せてしまったためだ。

　講談社が、森博嗣グッズでのんた君のぬいぐるみを作った。何の記念だったか思い出せないが、発行部数がキリの良い数字を超えたときだったかと思う。実物ののんた君よりだいぶ小さくて半分以下である。百匹が製作され、読者にも抽選でプレゼントされた。僕は半分の五十四をもらい、これを編集者や友人に配った。今はもう数匹しか残っていない。また、このぬいぐるみの写真で図書カードも作られた。この図書カードも大量に僕が持っているのだが、使う機会がまったくない。

　最近、著作が一五〇〇万部を突破したので、またのんた君のぬいぐるみを再生産してほしい、と頼んだら、編集者が微妙に眉を顰《ひそ》めながらも引き受けてくれた。こんなにのんた君が有名になるとは、思っていなかった。のりこさんも思っていなかっただろう。

87 犀川《さいかわ》先生AIはとんちんかんだった。

昨年のことだが、講談社タイガの編集部の企画で、犀川先生AIというものがネット上に現れた。もちろん、出版物のプロモートであり、企画したのはあの電通である。犀川先生というのは、僕が大昔に書いたミステリィの主人公だが、最近の作品にもときどきお情け程度に登場させているので、「大昔」は言いすぎだろう。

犀川先生AIは、一カ月の期間中ツイッタであれこれ呟き、誰でもこれに話しかけることができた。質問をすれば返答がある。それをコンピュータのプログラムにやらせるのだ。「何が面白いんだ?」とか、森博嗣みたいなことを言っては大人げない。

会話をしている間に学習して、だんだんそれらしくなるらしい。ということで、一般公開されるまえに、試験的に十数人が話しかけてみた。これにはファン倶楽部のスタッフにボランティアでお願いをした。一週間ほどしか時間がなかったので、さほど成長しないうちに本番になり、また一カ月で大勢の相手をしたのだが、まあ、目立った成長は見られなかった。そうなることは僕としては想定内で、この種のものが成長するには、データが少なすぎる。もっと大勢を相手にして、何年も実施しないと無理だろう。

小説にある台詞を最初にインプットしたようだが、むしろこれらに引きずられてしまい、返答が決まり文句になりすぎて面白くなかった。問いかける方も、小説にある台詞を使いすぎた。このくらいなら、人間（たとえば僕）が、犀川先生らしく返答した方がそれらしくなっただろう。おそらくその方が経費もぐんと安く済んだのにちがいない。

人間の子供は、会話をするうちに言葉を覚える。自分が参加する会話だけではない。大人どうしの会話も聞いている。大人は、つい子供言葉でしゃべりかけてしまい、このため、子供はその言葉を覚えてしまう。ＡＩもそのとおりで、話しかける側の知性に近いものになる。犀川先生らしくしたかったら、そのレベルの言葉と内容で話しかけなければならない。つまり、ＡＩとは、人を映す鏡なのだ。

けっきょく最後まで、言っていることはちんぷんかんぷんだったが、まあまあの宣伝効果はあったのではないか、と思う。ただ、講談社タイガに書いているシリーズは、主人公はハギリ博士であり、やや気になるところだ。ハギリ博士は、まだサンプルが少なすぎたので実現しなかった。あと、このシリーズにはＡＩが多数登場するが、どれもちんぷんかんぷんではない。その意味では、ちんぷんかんぷんが許されるキャラクタが、犀川先生だった。森博嗣の小説もちんぷんかんぷんだから、この新企画に適当だったのか……。

88

この冬には、水道管破裂と雪道で立ち往生があった。

今年の一月にあったこと。今年の冬は雪も少なく、除雪車を出動させたのは二回だけで、楽な冬だった。道路の上に厚い氷がある期間は、犬の散歩のときに転びやすくて大変なので、スパイクの付いた靴を履《は》くのだが、それも例年の半分くらいだった。

トラブルは二つで、まず水道管の破裂は、庭園内の別棟で起こった。ここは長く使っていなかった建物だが、一年ほどまえからリフォームして、ゲストハウスとして整備をした。リフォームは僕と奥様と娘の三人で二カ月くらいかけて行った。既にゲストも訪れ、昨年の夏からこれまでに何十人も宿泊してもらっている。しかし、冬は初めてだ。暖房は薪《まき》ストーブがメイン。母屋《おもや》のような灯油の床暖房設備がないため、かなり寒い。十二月にゲストに泊まってもらったが、一月と二月は無理だろうと考えて予定を入れなかった。

その一月中旬、奥様がそこへ掃除にいき、シャワーで水が漏れているのを発見した。さっそく水道屋を呼んで直してもらったが、屋外の水道管のヒータのスイッチを入れ忘れていたのが原因だった。そんなスイッチがあるなんて知らなかったのだ。

もう一つのトラブルは、奥様の運転する車が雪道で立ち往生して、ロードサービスを呼ぶ羽目になったこと。僕は乗っていなくて、娘と犬が一緒だった。出かけていって、一時間ほどして誰かが玄関を開けたので、もう帰ってきたのかと思ったら、娘が犬と歩いて戻ってきたのだった。奥様は車に残り、ロードサービスを待っているという。

奥様の車は後輪駆動だ。もちろん冬用タイヤを履いている。それでも、スリップして動けなくなってしまった。家から一キロくらいの場所だった。積雪は十五センチ程度だったから行けると思ったらしい。後輪駆動は、駆動輪をステアリングで振ることができないから、一度スリップしたら抜け出せなくなることが多いのだ。

さらに一時間ほどして、奥様は車で戻ってきた。その三日後から、彼女は腰を痛め、しばらく不調だった。朝の犬の散歩をいつも一緒に行くのだが、二週間は僕が一人で行くことになった。車は無傷だったけれど、奥様は慣れない力を出してしまったのだろう。

それにしても、僕に電話をせず、即座にロードサービスを呼んだ判断は凄い。係員が到着しても、まったく話が通じず、係員は、車のマニュアルを探し出し、それを読んで、後部フックがどこに収納されているか調べたという。一本道だったから、後ろへ引っ張ってもらい、何百メートルもバックをしたのが恐かったそうだ。奥様は、普段はけっしてバックをしない。ご自分でも、「バックしない女」と豪語されていたのだ。

89 救急車に乗るのは二回めだった。

数年まえだが、奥様が喘息《ぜんそく》の発作のときに救急車に同乗した。それが一回め。今回は僕が運ばれることになった。二月中旬に、家族全員を乗せて車を運転していたとき、目の前の風景が二重に見えた。これは危ないと思い、片目を瞑《つむ》って運転し、適当な場所で停車したが、その後目眩《めまい》に襲われ、気分が悪くなった。これはきっと脳の病気だろう、もう死ぬかもしれないな、と思ったので救急車を呼んでもらった。

その場に救急車が到着して、病院へ連れていかれた。その間も、ずっと意識ははっきりしている。ただ目眩がするし気持ちが悪い。胃の中のものはほとんど吐いてしまった。目を開けると目眩に襲われるので、ずっと目を瞑っていたが、ときどきちょっと開けて、確認はできる。病院へ到着したら、周囲の人たちが話していることも全部わかる。何度も話しかけられ、「今日は何日ですか?」と尋ねられたが、一回めからは即答できた。

すぐに手術をすることになりそうな雰囲気で、まずCT、次に、通路を慌ただしくベッドのまま移動してMRIである。CTとMRIがわからない人は検索して下さい。

脳外科医の先生が、パソコンのモニタを眺めているのもわかった。血圧を測定、それに点滴も開始された。血圧は異常に高い。汗をかいたあと寒くなった。

ところで、その一カ月後にも再度MRIをしたのだが、あのどんどこどんどこという低音が、小さく流れているクラシック音楽とマッチしていない。テクノかプログレッシブの曲にするか、あの騒音に合わせた曲を作ったら、患者はリラックスできるのではないかと発想したので、ここに書いておこう。

結局、手術にはならなかった。頭には脳梗塞《のうこうそく》らしきものがなかった。また、全身で癌《がん》の検査もしたみたいだが、それも陰性だったそうだ。翌日には、耳鼻科へ連れていかれ、頭が低い姿勢から一気に高くする目眩誘導みたいな検査をされた。三半規管《さんはんきかん》を調べたのだろう。もう気持ちが悪くもならず、目眩もなかった。聴力も平均以上だそうだ。

最初の日は、車椅子だったけれど、二日めからは歩けるようになり、個室で入院となった。点滴を四六時中しているのでトイレが近い。トイレがある個室で助かった。食事は三日めから食べられるようになり、その後はのんびりと読書をして過ごす時間となった。

退院できたのは一週間後である。原因はわからない。死ぬと思ったが、死ななかった。退院後は、以前にもまして健康で調子が良い。ただ、毎日一錠の薬を飲んでいる。また、病院へは二カ月に一度行くことになった。奥様の腰が直ったあとで良かった。

90

というわけで三十五年振りくらいに薬を飲んだ。

入院するのは高校生のとき以来。病院も四十年間一度も（自分の病気のために）行ったことがなかった。例外は、三十五年まえの歯医者だけ。薬も飲まなくなって三十年以上経過していたのだから、僕としてはもう初体験といっても良い。今は毎日一錠飲んでいる。

救急車で運ばれたときは血圧が高かったらしい。入院している間にだいぶ下がった。薬は血圧を下げるためのものだ。退院するとき、栄養士みたいな人が病室に来て、塩分を少なくしろとか、ポテトチップスを食べるなと言った。僕はだいたいあれは食べない。日本人だが、味噌汁も漬け物も塩辛も塩鮭も梅干も食べない。奥様の料理は薄味で、塩分はそもそも控えめである。しかし、そうまで言われると気になるので、退院してすぐに血圧計を購入した。病院で看護師が持ってきて三時間おきに測っていたが、それと同じメーカの同じ機種にした。その後、毎日朝と夜に二回ずつ測定して記録している。測定結果は、まったく正常である。上は百十くらい、下は七十台だ。でも、病院で測ったときは高かったのだから、高くなることもあるのだろう。手術かと思ってどきどきしたのかもしれないし、もうこれが最後なんだな、あの工作が途中で終わったか、とか考えていたから、やはりどきどきしたのかもしれない。

今これを書いているのは、退院から三カ月後であるが、毎日の測定結果はとても安定していて、高くなった日はない。三カ月の間に、四回薬を飲み忘れた日があったが、それでも値に変動はなかった。

もっとも、薬の副作用らしきものはなく、医者もそういうことはないと話していた。だから飲み続けている。高い薬でもない（一日二十円くらい）。

脳癌は絶対にあるだろうと想像していたから、どこも悪くなかったのは意外だった。脳梗塞ではなかったのも意外だ。医者にも話したが、同様の目眩は十年まえに一度あった。でも、じっとしていたら数時間で治まった。今回は自動車を運転していたから、じっとしていられなかったのだ。

嘔吐《おうと》があったので、食中毒なのではないか、そのため貧血になったのではないか、とも疑われたが、まったく同じものを食べた奥様と娘がぴんぴんしているので、その可能性はないらしい。たしかに、その後は吐き気もなく、食欲もあるし、なんでも美味しい。

脳外科の先生は、手術ができなくて残念そうだった。病室では、二時間おきに目にライトを当てられ、瞳孔《どうこう》検査をされたので、ぐっすり寝ることもできなかった。

91

一週間休養していたが、仕事にはまったく支障がなかった森博嗣である。

救急車に乗ったのは、ちょうどエッセィ本を一冊書き上げた日で、編集部へ発送していたので、ラッキィだった。それに、入院して、二日めにスマホを病室へ届けてもらい、メールはすぐできるようになった。秘書氏に電話をして、ブログの処理などを指示し、あとはたまたまそのとき来たメールに、「実は入院していまして」と書いた。このあたりは正直者なので隠したりはしない。

三日後が、ウェブ連載の〆切日だったので、これは編集者にメールを書いて、入院しているので手許にパソコンがなく、原稿が送れない、と知らせた。原稿はもう書いてあったし、そもそも〆切は公開の二週間もまえなので、余裕がある。結局、退院してすぐに送ったので、穴を開けるようなことにはならなかった。

講談社の編集部には、どうしても知らせる必要があった。というのも、いつまで入院が続くかわからないし、悪化した場合には、その後の予定を変更しなければならないからだ。この二月の時点で、その年に発行される本の原稿は一作を除いてすべて脱稿していたが、もちろんゲラを読めなければ発行を遅らせることになる。書けていない一作は、つまり本書だった（だから、本書に初めて、この入院騒動を書いている）。

結果的に、大事にならずに済み、退院も早かった。奥様の喘息の入院が二週間だったことに比べ、思いのほか軽かったといえる。退院後の初めての通院も一カ月後で、自分で車を運転して病院へ行った。診察券もデジタルだし支払いも自動で、時代を感じた。

退院後、三月に新書を一冊書いた。これは一年後の三月発行予定のもの。その後は、季節が変わり、暖かくなってきたので、庭園鉄道の工事を始め、忙しくなった。ゲラも押し寄せ、編集者も見舞いにくる。五月末になって、本書の執筆を始めたわけである。

前倒しで仕事をしていると、この程度のことではスケジュールは狂わないということだ。しかし、もっと酷くなっていた可能性もあるわけで、そろそろ何があってもおかしくない年齢だから、読者も覚悟しておいてほしい。もし、あのとき死んでいたら、Gシリーズと W シリーズは未完となったわけだ。べつにそれでも良いな、と病院では思った。死ぬなら、絶好とはいわないまでも、絶妙のタイミングだった。Xシリーズは脱稿しているし、ほかもけっこうキリが良い。死後、誰かが代わりにゲラ校正をして、一年間本が出れば、いつもより売れるはずだから、家族も編集者も喜ぶだろう。ただ、痛いとか気持ち悪いのは勘弁してほしいので、苦痛だけは取り除いてほしい、と思っていた。

92 庭園鉄道も、昨年全線開通し、キリが良かったかもしれない。

昨年の大工事で、長い木造橋が完成し、最後の難関を乗り越えた我が庭園鉄道は、本線が五百二十メートルに達した。これは一周ぐるりと回ったときの距離で、標準スピードで十五分ほどかかる。昨年の夏のオープンディに大勢のゲストが参加し、何台もの列車が走っているのを眺めて、もう線路工事は一段落だな、と感慨深かった。

今年は、大工事はせず、出費もなく、のんびりと過ごそうと考えていたのだが、退院したあと気候も良くなり暖かくなってくると、スコップを持ちたくなってしまった。

しかし、雪は解けたとはいえ屋外はまだ寒い。病み上がりなので、まずは信号機関係の工作と工事をすることにした。これが二週間くらい。全線が開通し、十四機の信号が設置されている。地面に埋設《まいせつ》したケーブルで相互にリンクし、複数の列車が間隔を開けて走るよう自動的に信号が切り替わる仕組みになっている。信号機に従っていれば、前を走る列車に追いつかないのだ。ただ、日頃は僕一人なので、ほとんど使わない。

その工事が恙なく終わったあと、急に土を掘りたくなり、新しい橋を作ることにした。橋を作りたいから地面を掘り下げ、谷を作ったのだ（小さなものだが、排水の役目はある）。これが一週間の工事だった。そして続いて、昨年工事をした路線のうち、橋の基礎部のレンガ工事と、カーブの土手の石積み補強工事も行った。これもそれぞれ一週間くらい。だいたい、今はその状態。毎日、列車を走らせ、一人でそれに乗って（運転して）ぐるりと巡ってくるのである。

線路をこれ以上延ばす計画はない。一人でメンテナンスができる限界ではないかと感じているからだ。一方車両の方も、機関車が三十台にもなり、こちらの整備の手間も馬鹿にならない。置き場所も限界に近い。今年は二台を作る予定だし、さらに蒸気機関車をもう一台製作したいので、材料と図面を集めている。そちらは数年はかかるプロジェクトで、僕としても最後の一台になるだろう。途中で死んだらそれまでだが。

僕は、特に遺言などを書いていない。どうなっても良いと思っていて、たとえば、僕の持ち物も売り払おうが捨てようが全然かまわない。でも、家族は、「処理方法くらい指示しておいてほしい」と言う。だから、「オークションで小出しに売るのが一番良い」とだけ言ってある。庭の線路は片づけてもらうか、それとも引っ越すか自由だ。

そうそう、新しいレーシングカーを買ってしまった。まだまだ遊びたいのだ。もともと躰は弱いし体力にも健康にも自信がない人間だから、今回の騒動も想定内だった。

93

個人でもビジネスでも、最も判断が難しいのは引き際である。

ものを始めるときや、成功へ向かっているとき、成功したあとなどは、なにも心配はない。やるだけである。始めようと思いさえすれば、惰性で続けられる。努力なんて簡単だ。努力するだけで前進するのだから、こんな楽なものはない。

しかし、世間で見られる多くの失敗というのは、そういった段階の躓《つまず》きというよりも、勢いがつき、惰性で進むものを止められない、やめる判断が遅れる、という場合に観察されるものがほとんどだ。企業が赤字を出したり、人気商品が出なくなったりなど、「まだいける」という過信が命取りになっている。かように、やめ時の判断は難しい。

始めるときには、反対する人間が少数なのだ。誰も信じていない孤独感はあるものの、それがハングリィ精神となる。第一、始めるときは一人でもできる。最初はなんでも小さいからだ。これが成功すると大きく育つ。人も沢山集まってくるだろう。そうなると、やめたいときに反対する人間が多数になる。やめるとなるとみんなが困る状況になっているためだ。大きくなるほど変化させるのに力が必要になる物理法則のとおり。

作家は一人の仕事である。しかし、出版社の編集者とのつき合いがある。読者との関係もできる。最初は一人だったが、何作も書いていれば、やはり大勢との関係が成立しているから、簡単にはやめられない。それこそ、「引退します」と宣言しなければならなくなる。まあ、でも、スポーツ選手や芸能人に比べれば、連帯している人間が圧倒的に少ないから、黙っていれば消えることができるだろう。引退なんて言わなくても、スランプになったり、病気になれば簡単だ。シリーズものの作品でも、完結が期待されているけれど、大勢が期待しているものはさまざまで、一作で応えられるものではない。

ウルトラマンは、もう知らない人がほとんどだろうが、三分間しか地球上にいられない。三分が近づくとタイマのランプが点滅し、急いで帰らないといけないのだ。実に秀逸な引き際である。人間にもこんなタイマがあったら素晴らしい。もしこれがなかったら、怪獣を倒したのち、人間たちから感謝の言葉をもらい、パレードをして、総理大臣の感謝の演説を聞き、大勢にサインをしなければならない。幼稚園に出向いたり、一日警察署長になったりして、さらには、あれもこれもと仕事の依頼が来て、断ったりしたら、新聞や週刊誌になにを書かれるかわからない。あのタイマがこれらを防いでいるのだ。

人間の場合は、いつタイマが点滅するかわからない。しかし、自分のことなのだから、だいたいわかっているだろう。じゃあね、だけで空へ消えるのが格好良いではないか。

94

良いイノベーションだけが、イノベーションと呼ばれる。

革新的な技術やアイデアによって、事業を急成長させるようなものをイノベーションと呼ぶらしい。そういうものにあまり関わらない人生だったので、その用語自体を僕は使ったことがない。発見なのか発想なのか、とにかくそれまでになかったものを見つけて、実際に稼ぐことができたら成功なのである。

世の中の人は、そういったサクセス・ストーリィが大好きで、どの時代でも広く流通していた。ただ、時代によって少しだけ違いがある。かつては、成功を収めた人たちが、血の滲むような努力をしたことを重視したが、この頃では、思いつきそのものを諦めなかった頑固さを描いている。つまり、かつては努力をする人材が欲しい時代だったが、今は発想ができる人材が不足している、ということだろう。一種の教育ともいえるが、そんなに都合良く人間が育つものだろうか、と僕は思う。

努力というのは、まだ成果につながりやすい。努力しても無駄骨だったという場合もあるが、社会は努力をする人を見捨てない傾向にあって、どん底になることはない。一方、発想というのは、大半はものにならない。当たればのし上がれるかもしれないが、当る確率が低い。努力をせずアイデア勝負の人間は、どん底に長くいる覚悟が必要で、親の脛《すね》を齧《かじ》るとか、パートナに食べさせてもらうとか、パトロンがいるとかの条件が必要だ。

というのも、努力は、成果につながってもつながらなくても、努力なのだ。周囲にそれがわかる。認めてもらいやすい。努力はわかりやすい。だが、発想はそうではない。そもそも、成功したものだけが、あとから発想と呼ばれる。そうでない大半の発想は、忘れられるだけのもの、話しても溜息をつかれる程度、そんなものが沢山あっても、まったく認めてもらえない。イノベーションもそうである。成功しなければ、イノベーションと呼ばれないのだ。何故かというと、成功して初めてイノベーションだと判明するわけで、それ以前には、海のものとも山のものとも知れない。もしこれに対する評価眼があったら、その人はそれだけで大成功するだろう、というくらい、わかりにくい。

自分の頭の中で、発想はしょっちゅう生じているのだが、その価値に気づく能力がないと、泡沫のようにつぎつぎと消えていくだけだ。価値があることは誰にもわからない。ただ、感覚的にぶくぶくと湧き出る泡沫を面白がる人がいて、それで遊ぶうちに、しだいに他者の役に立つものへと進化させることができる。この「面白がる」という目こそが、イノベーションを実現する基本的素養だろう、と僕は考えている。

95 この世に「結末」というものは実在しない。

物語には結末があるが、それはフィクションだからだし、そのように区切ることで物語になる。しかし、現実の世界に起こるあらゆる事象は、どこかで決着するということがない。いつまでも連鎖が続くし、どこまでも尾を引く。結末らしきものは、なんらかのルールによって裁いたり、特定の人物がこれで終わりだと宣言するだけのことで、それが現実だ、真実だという保証はないから、必ずどこかでまだ燻《くすぶ》っていて、ちょっとした切っ掛けで火が着き、再び燃え始めることが珍しくない。

結末だけではない。どこから始まったのかも、辿っていくと、延々と遡ることができる。原因があって結果があり、理由があって結論になるのだが、そのカップリングはどこから始まっているのか、何が発端だったのか、いずれも明確に示すことができない。

そんな中にあって、人間の誕生と死は、珍しく区切りがわかりやすい。しかし、よく観察してみると、いつ生まれたのか、どこでその人物の人格が形成されたのかはわからないし、またいつ死んだのか、どこでその人物の人格が失われたのかは、意外に曖昧である。その人物の誕生を遺伝子に求めれば、両親や祖先に遡るし、また、同様に未来は子孫に受け継がれる。それ以外にも、その人物の言葉が残り、思想が受け継がれる。

物語は、結末を知りたくて読むものだ。映画を観て、最後が「つづく」で終わっていたらがっかりしてしまうだろう。会議で決定するはずの懸案事項が、結局決められず先送りになったときも、みんなが溜息をつく。可能性を残したままよりも、むしろそれらを排除するたった一つのゴールを望むのは、不思議な感情だ。

わからないままでは、どうして良いのか困る、という心理である。「わかる」とはほかの可能性を否定できるという意味で、一つが現実であり、ほかはすべて未然、無かったことというわけだから、多くの可能性の消去といえる。あれもある、これもあるという面倒臭さから解放されるから、人はわかりたいのだ。

けれども、考えてみてほしい。生きていないものはそのままだ。石は石、鉄は鉄だ。しかし、生命のあるものは、どうなるかわからない。明日には存在しないかもしれない。死んだら、もう死なないから、初めて安心できるが、それまでは不安を抱えたままだ。なにもかもわからない中で、手探りをして進む。どこまで行くのかもわからない。

人が結末を望むのは、生きている不安を、一時的にでも和《やわ》らげようとしているからだろう。でも、あまり和らげすぎると、ほとんど生きていないのと同じになる。

96 することばかりではなく、しないことも考えよう。

何をしようか、と考える人が多い。常にそれを考えて生きているともいえる。子供を見ているとそんな感じだ。とにかく、したいことがある。でも、時間も資金も限られているから、できることはそんなに多くはない。その中から選んで、することを決める。それが、ほとんどの人の日常生活というものだろう。日曜日は自由な行動が許されているチャンスだから、何をしようか、と考える。

では、逆に、しないことを考える人はいるだろうか。これは、きっと少ないのではないか。朝起きて、「さあ、今日は何をしないでおこうか」なんて考えもしないのが普通である。会社の企画会議でも、新しい企画はないか、次はどんなプロジェクトを打つのか、という議論はするが、既にある何をやめようか、という議論には滅多にならない。そうなるのは、よほど切羽詰まった事情があって、リストラの必要に迫られている場合だけだ。

企業というのは、最初の何倍にも成長できる。しかし、個人はそうはいかない。自分が何倍にもなれるわけではない。人生が何倍も長くなることもない。そうであれば、企業以上に、個人はリストラが必要になる。時間も体力も限られていて、できることの総量は大方決まっているからだ。

つまり、することを選べば、必然的にしないことも決まるのである。どちらかを増やせば、もう片方も増える。することを増やすと、どうしてもしないことが増える。逆に、しないことを増やせば、することが増える。これが道理だ。

そうだろうか、と首を捻る人がいるはず。しないことを決めても、することは決まらない。ただ怠けて、だらだらと時間を過ごすだけではないか、と。それは違う。だらだらと時間を過ごすことをしたのだ。なにもしないことは、生きている以上できない。寝ることだって、することのうちである。

「時間も暇もないよ」という言い訳をしがちだが、時間も暇もないのは、生きている者全員がそうなのだ。だから、とりあえず、「しないこと」を決めると良い。それを頑張ってしないようにする。ついしてしまうのを我慢して、一所懸命しないようにする。そうすることで、自然に、あなたは新しいことをしているはずだ。何をしているか、それはなんでも良い。それが「自由」という意味である。

しないことは、実はとても難しい。自分をコントロールしなければならないからだ。でも、「すること」さえ見つければ、「しないこと」はもの凄く簡単になる。

97

誰がいつどこで何をしたか、を自分に対して問うこと。

説明をするときに、そういった情報がきちんと揃っていることが問われる。これを自分についてときどき考えてみよう。まず、誰がというのは簡単だ。自分である。

いつというのは、時計を見ることでわかる。いつということが精確に測定できるようになったのはつい最近のことだ。長い人類の歴史のほとんどの期間、今がいつなのかよくわからなかった。時計もないしカレンダもない。時間は権力者が決めていたはず。

次は、どこで。これも、時間以上に難しい。つい最近になって、GPSという装置が普及したから、ここがどこなのかがわかるようになった。それまでは、地図を持っていても、現在位置がわからないから、迷子になったり、遭難したりした。でも、人間はそんなに広い範囲で活動するわけではない。自分が知っている場所の中で生活するのが一般的だから、地図のお世話になるのは例外的なときだけで、普段は、周囲の様子から、だいたいどこかを判断していた。これは、時間も同様だ。朝目が覚めたとき、周囲の様子から、自分の寝床だと確認し、窓の明るさからだいたいの時間を知った。起きたときに時計を見たりGPSで調べたりするのは、やや危ない状況といわざるをえない。

何をしたかは、記憶していれば簡単だろう。自分の行動を説明できることは、人間として最低限求められる能力である。今何をしているかも、ときどき意識しよう。自分のことになると、これを考えない人が意外に多い。今自分はあれを見ている、これを考えている、という自覚が、その人を客観的な思考へと導く。それを考えることで、他者の行動も理解できるようになる。

おそらく、時計やGPSが開発されたように、将来は、自分が何をしているか、目の前にある人や物は何か、どうやって使うのか、この先に何がありそうで、そのときにどうするのか、などを逐次教えてくれるAIを、個人が身に着けるようになるはずである。認識のサポートをするわけで、あったら便利だ。人の話も解説付きになり、笑いどころも教えてくれるだろう。ここぞというときに効果的な台詞も指導してくれる。相手もAIを装備しているから、その台詞がAIの入れ知恵だと瞬時に見抜かれるが。

今どこで何をどのようにすべきなのか、を教えてくれるAIは、そのうち人間の躰の一部になるだろう。生まれたときからAIとともに成長し、学び続けるから、今よりも理知的で平和な人間になれる。もう迷える子羊ではない。ただ、そこまでいくと、最初に戻ってしまう。「誰が」がわからなくなってしまうからだ。

98

気持ちは伝わらないが、気持ちがあることだけは知ってほしい。

気持ちというものは、伝わらないから気持ちなのであって、言葉でこうです、と言える場合はもう気持ちではない。外部から見えるのは、気持ちの中で人に見せられるほんの一部であり、各種の意図で飾られて文章化されているか、言葉にならずただ感情的な爆発をするかであって、本当の気持ちは誰にも（自分にも）わからない。

察するしかないし、察してほしいとみんなが思っている。気持ちがなくても、誤解されて気持ちがあるように受け取られることもしばしばで、こういうときは気持ちが悪い。

気持ちが良いのは、どういうわけか、環境条件から受ける肉体的状態であることがほとんどで、思いどおりになったときにも、「すっきりする」と言って、まるで見通しが良くなったような比喩をすることになる。あまり気持ち良いことを追求しすぎると、周囲からは気持ち悪がられる。

そもそも、人にはみんな気持ちがある、気持ちを持っている、という前提がある。これは不思議なことだ。気持ちなんてものがあるのだろうか？　犬や猫を飼うと、彼らにも気持ちがあるように見える。ところが、ロボットだとそうは思わない。どうしてだろう？

気持ちは、知性だろうか？　少なくとも、気持ちが悪いと感じる反応は知性だ。どんなに気持ちが悪いものでも、それを認識していなければ、気持ちは悪くならない。後天的に学んだことで気持ちは形成されている。したがって、ＡＩもいずれは気持ちを持つ。いつからそうなるのかは判断が難しい。人間あるいは生物の場合も同じだ。単細胞のアメーバには気持ちがないかもしれないが、そこから進化した生物は、複雑になることで、どこかで気持ちを持ったのだ。

気持ちは「わかる」ものらしいが、わからない場合でも、「あいつの気持ちはわからん」と怒ったりするわけだから、これはつまり気持ちの存在を認めているし、その気持ちが自分とは相容《あいい》れないものであることもわかっているのだから、かぎりなく、気持ちがわかっている状態に近いのではないか。もし、まったく不可解で理解に苦しむ人格と対峙するようなことがあったら、「あいつには気持ちがない」と言っても良いと思われる。そう言いたくなる気持ちがわかるのでは？

「気持ち」と「考え」の差は微妙である。気持ちは感情的で考えは理性的だ、ときちんと区別できない。人によって比率が違うし、両者がまったく同一の場合もあるだろう。

ところで、気持ちは一人の中にいくつあるのだろうか？

99

楽しさを育てよう。

まずは、楽しさの種を手に入れる必要がある。これは、自分で作り出すものではなく、どこかに落ちているので、探して見つけるしかない。稀に、自分で種を作ったという天才もいるようだけれど、それは、たまたま新種の種を拾ったからかもしれない。証拠はないので、誰にも判断ができない。それに、べつにどちらでも僕はかまわない。

種を見つけたら、土の中に埋めて、水をやる。もしそれが種なら芽が出てくるはずだが、たとえば種のうちに食べようと焼いたり煮たりしたものだと芽が出ないので、注意が必要だ。芽が出るまでは心配だが、待つしかない。掘り返したりしないように。

芽が出たあとは、水分を補給し、日に当てることが大切である。風通しが良い場所を好むものもある。また、虫が寄ってこないように注意をしよう。こうして、大きく育つのには、またそれなりの時間がかかる。でも、もうこの頃には、楽しさの香りがぷんぷんしているから、きっと幸せな気分になれるはずである。

楽しさの実が生《な》るかどうかは、コンディションによる。また、実が生っても、正常に育つかどうかはわからない。成熟した楽しさは格別であるが、そこまで育てるのには、一苦労するだろう。多方面から邪魔が入るし、横取りされることもある。

いずれにしても、時間がかかるし、長い時間をかけても失敗することも多々ある。だから、実が生るのをただぼんやりと眺めているよりも、次の種を蒔《ま》いて、いくつも同時に育てることをおすすめしたい。そうすることで、いつも楽しさの実が生る庭園になる。

間違っても、他所の家の実を食べようとしないこと。どういうわけか、他者が育てた実は、そんなに美味くない。また、苗の状態で他所からもらっても、土地が変わるとほとんどは枯れてしまう。やはり、種から育てる以外にないようだ。

百の種を蒔いて、美味しい実が生るのは一つくらいである。同じ株で幾つもの実が生ったとしても、美味しいものは少ない。それを見越して、沢山の種を蒔いておこう。そのためには、場所も必要だし、世話も大変だ。肥料など、出費も少なくない。しかし、楽しさとはそういうものだ、と理解しよう。

きっと、初心者には想像もできないだろう。最初は誰でも楽しさを知らない。ただ、噂に聞いたり、図鑑で見たくらいだろう。自分で育ててみて、初めて本当の楽しさを味わうことができる。一番大事なことは、楽しさの素晴らしさを信じること。それから、収穫した実を人に見せびらかさないこと。ほかの人には、それは見えないのだから。

100
遺言は書きたくないが、もし書くなら毎日書くのが良いかもしれない。

明日死ぬかもしれないのは、老人も若者も同じだ。違いは確率だけである。いずれも百パーセントでも〇パーセントでもない。その間の数字になる。

遺言というものを書くつもりはないし、書きたいこともないのだが、一般の方が書こうと思うことは悪くないと思う。書こうとするだけで、死を見つめることになり、自分以外の人間へ思いが巡るので、それだけでも客観性があり、考える価値がある。

特に、毎日遺言を書くのが良いのではないか、と思う。毎日書いたら、人間的にも一皮剝《む》けるだろう。私利私欲の馬鹿らしさに気づくかもしれないし、おそらくは他者に対して少し優しくなれるだろう。ようするに、自分がさきざきまで生きられるという思い込みが私利私欲を持たせ、優しさを失わせる煩悩《ぼんのう》を導いている、と理解できる。

自分が達成できなかった夢を、誰かに託そうとする人もいるかもしれない。そういう欲望は、あまり遺言に相応しくないと僕は思う。戦国時代の武将だったら、息子に天下を取れと言いたいかもしれないけれど、今時そんな野望は古くないですか、と言いたくなる。人間は歴史を重ねて、自由になり、個人的になり、縛られること、窮屈なことからも解放されてきたのだ。野望というのは、クラシカルな気がする。それに、そんなことは、遺言で伝えなくても、とうに伝わっているはずでは？　伝わらないような息子では、さきが思いやられる。つまり、遺言にする以前に、生きてきた過程で伝達されているものだし、人は、人の生き様を見て学ぶもの。大事なことはそこなのだ。

自分がどれだけ強い欲求や願望を持っていても、死ねばご破算、綺麗に消える。この清々しさは素晴らしいと思いませんか？　昔は、死んでも怨念《おんねん》が残ったりすると考えられていたから、死者に対して供養をしたのだが、それは遺された者の幻想だったし、それもまた、生き様を見て学ぶということだったはず。

とはいえ、やはり毎日でも書きたくない、というのが僕の本音である。僕の理想というのは、死んだらその場でふっと姿が消えてしまい、周囲のみんなの記憶も消去され、いなかったことになる、というものだ。もし、将来バーチャルリアリティの世界になったら、こんな死の設定も可能だろう。誰も悲しまないなんて最高ではないか。ただ、誰か知らない人の業績だけが残るので、知的財産は社会に蓄積する。素敵だと思いませんか？

毎日遺言なんか書いたら、湿っぽくなって、みんな引いてしまうだろう。そして、誰もが見向きもしなくなった頃、こっそりと野垂れ死にするなんて、もしかして最高か？

連載

ピロチくんとオレ

吉本ばなな

第一回

＊これはあくまで創作なので、フィクションとして読んでくださいね！　笑

その秋、とある国に出張中だったオレはたまたまピロチくんとご家族が住むお家に立ち寄ることになった。

同行していた秘書とオレの息子と三人で、ピロチくんの運転するすてきな新しい車に乗せてもらった。

森の中を抜けて、なめらかに車は進んでいった。

なんだか夢のようだなあ、とオレは思っていた。

大好きな人たちと、お互いに大好きと思い合いながら、一台の車で美しい風景の中を

行く。

息子は言った。

「ねえ、昔と今とどっちがいいと思う？」

ピロチくんは言った。

「今のほうがいいな。寿命は延びているし、殺人も減っているし、好きな仕事につくこともできるようになったし。悪い面が話題になっているけど、確実によくなっているからね」

山々に囲まれた美しい景色の中で、オレはその希望の言葉で胸をいっぱいにした。子どもにはまだ未来がある。

そして目の前にあるたくさんの大きな木々たちは、オレが生まれる前からあり、死んだ後もあるのだろう。

人生は短い。出会うべき人と出会えるのは最上の喜びだ。

お家に向かう道の途中で、ピロチくんの愛犬と、彼のお嬢さんに出会った。一生に一度の美しい体験だった。

そのときのことを散文として書いて後に発表した。

とても美しいもの

山肌にはまだ紅葉が残っていた。

道には黄色い落ち葉がいっぱい落ちていた。ときどき赤が混じっていて色の割合が絶妙に美しい。神様が地上に描いた精妙なスケッチのかけらだ。

私は友だちの運転する車に乗っていた。

誰もいない道の前方に、犬を連れた人のシルエットが見えた。

「うちの娘です」

と車を運転している彼は言った。

私は窓を開けた。

彼女はお父さんの車に気づき、顔を上げた。私は「こんにちは！」と言った。

彼女はゆっくりと顔を上げて私を見て、静かに微笑《ほほえ》んだ。

少し上目づかいのその目はお母さんにそっくりだった。そして立ち姿の輪郭はお父さんにそっくりだった。

温かそうなコートを着て、きれいな色の帽子をかぶって、彼女は立ち止まっていた。

こんな山の中でこんなに美しくあることができるだろうか？というような美しさだった。

いや、山の中だからこそ静かな佇《たたず》まいを保つことができるのだろう。

私はあなたともしかしたらもう二度と会うことはないかもしれない。でも、私はあなたのお父さんとお母さんが大好きで、あなたに会えたことがほんとうに嬉しいです。

…と言うのも大好きな人たちの娘さんは私にとってもとても大切な人なのです。理屈抜きでそうなんです。

と私は思っていた。

そのことはきっと伝わったと思う。

車は彼女を追い抜いて、立ち止まっていた彼女も歩き出した。

広い道、冬のつんとする美しく澄んだ空気、ポツンと歩いていた一人と一匹。彼女の表情が車の動きにつれて、ゆっくりと驚きから笑顔へと変化する美しい様子を、私はきっと一生忘れないだろう。

今年見たものの中で、いちばん静かで、瞑想《めいそう》的で、少し淋しさがある、ほんとうにきれいな光景だった。

ああいうものをなんとかして留めたくて、人は芸術を志すのだろうと思う。


さて、その後オレたちはピロチくんのお家におじゃまし、彼が想像を絶する作業量で、ほとんど一人でコツコツと作った庭園鉄道に乗せてもらった。その日はオレたちが乗ってみたいと言ったので用意してくれていた、足こぎ式のペダルカーがレールの上を走れるようセッティングされていた。どんぐりをひろってポケットに入れたりしながら、オレたちは一人ずつそれに乗った。高い木々、トンネル、ブランコ。橋、ガレージ、デッキ、玄関、崖。

広い庭をゆっくり巡っていくうちにゲストハウスのガラスの中にうちの子どもが見え

た。ピロチくんの美しい透明な目をした奥様も見えた。散歩から帰ってきたかわいい犬も見えた。なんだかこれもまた夢のような景色だなあと思った。不思議と心がどんどん落ち着いていく。まるでピロチくんのきれいに澄んだ頭の中の世界を旅しているようだった。

うちの子どもなんて五歳くらいから、まだこのお家の皆さんが名古屋にお住いのときから、ずっと庭園鉄道に乗せてもらっている。名古屋を離れてこんなに遠い場所に来ても、同じようにオレたちは庭をめぐり、彼が創作した奇跡のような景色の中を、レールに乗って走っている。

オレの息子はずっとマジックを練習していて、いつもピロチくんは「これがこうなんでしょう?」とタネを見破る。そして奥様が「おっとなげないなあ!」「君も初めてデートしたとき、マジック見せてくれたよね?」と言う。それが毎年のように繰り返されるパターンだった。

でもこの間、息子が本当によく練習したマジックは一瞬だけピロチくんを欺いた。ピロチくんは言った。

「たくさん練習したね、偉かった」

ああ、オレもこういう風に導いてもらったな、と思った。

オレの人生は早いうちから大人の思惑にもまれ、世慣れていない両親からは考え方以外何のアドバイスもなく（その代わり考え方に関しては徹底的に叩き込まれたので、ありがたく思っている。それが生きていく上で何よりも大切な核になるからだ）、たった一人で恐ろしい世界をくぐり抜けてきた。文章を書く才能と、笑顔、下町育ちの気さくさ、親切さ。それだけがオレの武器だった。逆に言うと、それだけの武器があれば、ギリギリでも生き延びることができる。

たくさんの疑問が降り積もり、頭がおかしくなりそうな慣例に合わせて生きていかなくてはいけなかったとしても、なんとかなるのだ。

あるとき『星の玉子さま』という絵本を出版したときの「印税を受け取らない代わりに届けたい人に絵本を送る」プロジェクトにおいて、オレの思っていた出版界への疑問を全部表に出して、解決し工夫して実現させてしまったのがピロチくんだ。

絵本を受け取ったオレは絵本のすばらしさとその出版の経緯を読んで感動し、この人は自分の分身ではないかとさえ思った。そのくらいオレの思っていたことを現実の世界で、知性を武器にすっきりと解決してくれたからだ。

オレはお礼のメールを書き、ピロチくんと友だちになった。

離れて住んでいるのであまり会わないし、慰めあったり、恋愛になったりすることも決してないのだが、互いにかけがえがない存在だということがわかっている。そういう友情だ。

オレも若かったし、今よりもいっそうアホだったが、ピロチくんの分析するオレとオレの小説は、常に正確だった。

オレも初めは気を遣って、そして今まで生き延びてきたノウハウの癖で、ピロチくんにかなり一般的なことを言っていたと思う。

しかしピロチくんは決して引っかからなかった。オレだってもちろん引っかけようとしていたのではなく、生き馬の目を抜くような世界を生き抜いてきて、それしか方法を知らなかったのだろうと思う。

ピロチくんは根気よく、ただただそこにいてくれた。

「そうではないやり方を君は知っているはず」「よく考えてみて」そういう言葉を秘め

ながら、あえてあまり口にせず、ただいるという形で教えてくれたのだ。そこには教えてあげようという驕《おご》りはなかった。ただ善き意図だけがあった。友情を感じるこの人のことを「自分が」ちゃんと見ていようと決めた。大変なことになったら、押しつけがましい方法ではなく必ず告げよう。この人は切り抜けることができる、何よりもそのことを信頼しよう。そういう声がその素っ気なく見えるメールの佇まいから常に聞こえてくるのである。決して妄想ではなく、オレは文章のプロだから読めばわかるのだ。

だからこそオレは生きやすくなり、無理をしなくなり、何か変なことをしでかしても別に相談をするわけでもなく（グチはよく言うけど）、ただピロチくんがそこにいるというだけで安定している。ピロチくんのいない人生を想像すると目の前が真っ暗になるほどだ。

ピロチくんは税金も払ってくれないし、家の修理もしてくれないし、泣きたいとき抱きしめてもくれないし、掃除もしてくれない。でも「この形で僕はここにいます」と確かに言ってくれているように思う。

だからオレも心からここに「いる」だけでそれに応えようと思う。

それが、真に友だちということなんだと思う。

たまに「ピロチくんはほんとうに存在するのだろうか？　賢すぎるしＡＩかホログラムかなんかなんじゃないのかな」（頭が悪いので表現があいまい）と思って、別れ際に握手してみる。邪《よこしま》な気持ちではなく、確かめるために。こんな人が生身の人間のままで存在するなら、どんな奇跡も信じられるからだ。

彼の手は柔らかくて温かく、生きてる人間なんだ、と思う。ウォーカロンでもないし、デボラでもない。想像の世界の人物でもない。奇跡だよなと思う。

この奇跡が一週間でも一日でも長く続きますように、とオレは世界に向かっていつも願っている。

家に帰ってみたらコートのポケットからどんぐりが出てきて、ああ、あれは夢じゃなかったんだ、ともう一回思った。

〔クリームシリーズ第七巻（二〇一八年十二月刊行予定）につづく〕

森博嗣著作リスト

（二〇一七年十二月現在、講談社刊。＊は講談社文庫に収録予定）

◎S&Mシリーズ

すべてがFになる／冷たい密室と博士たち／笑わない数学者／詩的私的ジャック／封印再度／幻惑の死と使途／夏のレプリカ／今はもうない／数奇にして模型／有限と微小のパン

◎Vシリーズ

黒猫の三角／人形式モナリザ／月は幽咽のデバイス／夢・出逢い・魔性／魔剣天翔／恋恋蓮歩の演習／六人の超音波科学者／捩れ屋敷の利鈍／朽ちる散る落ちる／赤緑黒白

◎四季シリーズ

四季　春／四季　夏／四季　秋／四季　冬

◎Gシリーズ

φ《ファイ》は壊れたね／θ《シータ》は遊んでくれたよ／τ《タウ》になるまで待って／ε《イプシロン》に誓って／λ《ラムダ》に歯がない／

η《イータ》なのに夢のよう／目薬α《アルファ》で殺菌します／ジグβ《ベータ》は神ですか／キウイγ《ガンマ》は時計仕掛け／χ《カイ》の悲劇（＊）

◎Xシリーズ

イナイ×イナイ／キラレ×キラレ／タカイ×タカイ／ムカシ×ムカシ／サイタ×サイタ／ダマシ×ダマシ（＊）

◎百年シリーズ

女王の百年密室／迷宮百年の睡魔／赤目姫の潮解

◎Wシリーズ（すべて講談社タイガ）

彼女は一人で歩くのか？／魔法の色を知っているか？／風は青海を渡るのか？／デボラ、眠っているのか？／私たちは生きているのか？／青白く輝く月を見たか？／ペガサスの解は虚栄か？／血か、死か、無か？（二〇一八年二月刊行予定）

◎短編集

まどろみ消去／地球儀のスライス／今夜はパラシュート博物館へ／虚空の逆マトリクス／レタス・フライ／僕は秋子に借りがある　森博嗣自選短編集／どちらかが魔女　森博嗣シリーズ短編集

◎シリーズ外の小説

探偵伯爵と僕／奥様はネットワーカ／カクレカラクリ／ゾラ・一撃・さようなら／銀河不動産の超越／喜嶋先生の静かな世界／トーマの心臓／実験的経験

◎クリームシリーズ（エッセイ）

つぶやきのクリーム／つぼやきのテリーヌ／つぼねのカトリーヌ／ツンドラモンスーン／つぼみ茸ムース／**つぶさにミルフィーユ**（本書）

◎その他

森博嗣のミステリィ工作室／100人の森博嗣／アイソパラメトリック／悪戯王子と猫の物語（ささきすばる氏との共著）／悠悠おもちゃライフ／人間は考えるFになる（土屋賢

二氏との共著）／君の夢　僕の思考／議論の余地しかない／的を射る言葉／森博嗣の半熟
セミナ　博士、質問があります！／ＤＯＧ＆ＤＯＬＬ／ＴＲＵＣＫ＆ＴＲＯＬＬ

☆詳しくは、ホームページ「森博嗣の浮遊工作室」
（http://www001.upp.so-net.ne.jp/mori/）を参照

本書は文庫書下ろしです。

|著者|森 博嗣　作家、工学博士。1957年12月生まれ。名古屋大学工学部助教授として勤務するかたわら、1996年に『すべてがＦになる』（講談社）で第１回メフィスト賞を受賞しデビュー。以後、続々と作品を発表し、人気を博している。小説に『スカイ・クロラ』シリーズ、『ヴォイド・シェイパ』シリーズ（ともに中央公論新社）、『相田家のグッドバイ』（幻冬舎）、『喜嶋先生の静かな世界』（講談社）など、小説のほかに、『自由をつくる　自在に生きる』（集英社新書）、『孤独の価値』（幻冬舎新書）などの多数の著作がある。2010年には、Amazon.co.jpの10周年記念で殿堂入り著者に選ばれた。ホームページは、「森博嗣の浮遊工作室」(http://www001.upp.so-net.ne.jp/mori/)。

つぶさにミルフィーユ　The cream of the notes 6

森《もり》 博嗣《ひろし》

講談社文庫

定価はカバーに
表示してあります

2017年12月15日第１刷発行

発行者――鈴木　哲
発行所――株式会社　講談社
東京都文京区音羽2-12-21　〒112-8001
電話　出版（03）5395-3510
　　　販売（03）5395-5817
　　　業務（03）5395-3615

デザイン―菊地信義
本文データ制作―講談社デジタル製作
印刷―――豊国印刷株式会社
製本―――株式会社国宝社

Printed in Japan

ISBN978-4-06-293770-2

講談社文庫刊行の辞

二十一世紀の到来を目睫に望みながら、われわれはいま、人類史上かつて例を見ない巨大な転換期をむかえようとしている。

世界も、日本も、激動の予兆に対する期待とおののきを内に蔵して、未知の時代に歩み入ろうとしている。このときにあたり、創業の人野間清治の「ナショナル・エデュケイター」への志を現代に甦らせようと意図して、われわれはここに古今の文芸作品はいうまでもなく、ひろく人文・社会・自然の諸科学から東西の名著を網羅する、新しい綜合文庫の発刊を決意した。

激動の転換期はまた断絶の時代である。われわれは戦後二十五年間の出版文化のありかたへの深い反省をこめて、この断絶の時代にあえて人間的な持続を求めようとする。いたずらに浮薄な商業主義のあだ花を追い求めることなく、長期にわたって良書に生命をあたえようとつとめるところにしか、今後の出版文化の真の繁栄はあり得ないと信じるからである。

同時にわれわれはこの綜合文庫の刊行を通じて、人文・社会・自然の諸科学が、結局人間の学にほかならないことを立証しようと願っている。かつて知識とは、「汝自身を知る」ことにつきていた。現代社会の瑣末な情報の氾濫のなかから、力強い知識の源泉を掘り起し、技術文明のただなかに、生きた人間の姿を復活させること。それこそわれわれの切なる希求である。

われわれは権威に盲従せず、俗流に媚びることなく、渾然一体となって日本の「草の根」をかたちづくる若く新しい世代の人々に、心をこめてこの新しい綜合文庫をおくり届けたい。それは知識の泉であるとともに感受性のふるさとであり、もっとも有機的に組織され、社会に開かれた万人のための大学をめざしている。大方の支援と協力を衷心より切望してやまない。

一九七一年七月

野間省一

講談社文庫 最新刊

川瀬七緒
メビウスの守護者〈法医昆虫学捜査官〉
捜査方針が割れた。バラバラ殺人で、法医昆虫学者・赤堀が司法解剖医に異を唱えた！

古野まほろ
身元不明《ジェーン・ドウ》〈特殊殺人対策官　箱崎ひかり〉
元警察官僚によるリアルすぎる警察小説。若き女警視と無気力巡査部長《ゴンソウ》の名コンビ誕生！

栗本　薫
新装版 鬼面の研究
見立て殺人、首なし死体、読者への挑戦――探偵小説の醍醐味が溢れる幻の名作が復刊！

島田雅彦
虚人の星
二重スパイと暴走総理は、日本の破滅を食い止められるのか。多面体スパイミステリー！

法月綸太郎
新装版 頼子のために
十七歳の愛娘《まなむすめ》を殺された父親が残した手記。そこから驚愕の展開が。文句なしの代表作！

堀川アサコ
芳《ほう》一《いち》
琵琶法師の芳一は、鎌倉幕府を滅ぼした《北条文書》の行方を追うことに！圧巻の歴史ファンタジー！

平山夢明
魂《たま》豆《どう》腐《ふ》〈大江戸怪談どたんばたん（土壇場譚）〉
江戸奇譚33連弾、これぞ日本の怪！　そこはかとない恐怖と可笑《おか》しみ。〈文庫オリジナル〉

アンナ・スヌクストラ　北沢あかね 訳
偽りのレベッカ
11年前に失踪した少女・レベッカになりすました女の顛末とは。豪州発のサイコスリラー。